読みなおす日本史

古代の恋愛生活

万葉集の恋歌を読む

古橋信孝

吉川弘文館

はじめに

現代は人類学の成果などによって、諸民族の結婚の形態が多様であったことが、近代の一夫一妻制の婚姻形態を最高のものとする価値観とは別に知られる。そしてそれが世界観の問題としてあることも明らかになっている。たとえば中根千枝『家族の構造』（'70　東京大学出版会）によれば、インドのナヤール族の女方別居婚は、カーストという世界秩序のなかで可能なものである。クシャトリア階級のナヤール族は、バラモン階級の長男以外の男の訪問を受け、懐妊・出産する。バラモン階級は自己の神聖な血を保持するために、長男のみが同じバラモン階級の女と結婚し、子孫を残す。二・三男は結婚できないのである。しかしかれらは一つ下の階級であるクシャトリア階級の女と婚する。バラモン階級からみれば、それは結婚とはみなされないわけだ。しかしクシャトリア階級にとっては、上位の、しかも神聖な階級であるバラモンの男を迎えることは神婚とみられるわけで、その神聖な血によって自己の階級のより下位の階級への優位を主張しうる、というように。

古代の日本も、現在とは異なる婚姻形態をもっていた。それももちろん古代の世界観に基づいているはずだが、いまのところそのように論じられてはいない。たとえば、高群逸枝が妻訪い婚（通い婚）

から招婿婚を強く主張したこともあり、『万葉集』や平安期の物語類などにみられる通い婚の用例から、古代の婚姻が通い婚であったことがいわれている。しかしそれが具体的にどのようなものかあまり明らかにされているわけではない。そして特に平安期の物語・日記類から、古代の女はただ男を待つだけの哀れな存在という像が一般に通行している。男は好きな時だけ訪れ、しかも他の女にも通えるが、女はただひとりの身勝手な男を待ち続けるだけというわけだ。しかし家族としてみるならば、女が家から出ず、男は外に出るのだから、男が通うことによって生まれた子は女方に属することになり、財産は女に相続されていくはずだ。つまり女の地位は高い。

高群逸枝はその高かった女の地位がしだいに低くされていく過程をみたのである。にもかかわらず、古代の女の地位は低く、女は哀れな存在と思われがちなのは、現在の結婚制度をもっともよしとする近代的な考え方にすぎない。われわれは近代社会にいつのまにか幻想をもたされている。歴史をしだいに悪いものが改革されて良くなってきた過程とみる発展史観に捉われがちだ。結婚が制度であるかぎり、個人にとってさまざまの矛盾をもたらすし、いわゆる自立した個人に立脚して結婚がなされるとみるならば、結婚は子を生産するという意味でもきわめて社会的なものなのだが、その社会との葛藤に強くまき込まれることになる。たとえば離婚の際の保証の問題、離婚による子どもの問題、老人問題など。結婚という制度を原理的にかんがえてみる時期にきているといえるだろう。

家族の問題は、その制度が改められ、また自覚と責任がもたれればいいという単純なものではないのだ。婚姻形態は、その社会のもつ世界観の男女の対《つい》の面におけるあらわれなのである。かといってそれを抽象的なレベルで論じても知識にすぎないことになろう。さまざまの婚姻形態をその世界観とかかわらせながら、具体的に明らかにしていく必要がある。わたしは当面日本の古代文学研究者である。特に『万葉集』を読んでいて、通用している恋愛・結婚についての把握がそうとう間違っている、つまり古代的ではないことを感じてきた。たとえば男が夕に来て朝帰るとすると、昼間は働いていて、男はいつ休むのでしょうねといった質問を受けることがある。これまでの研究はほとんどそれに答えうる見解はみられなかった。しかし『万葉集』を読んでいくと、逢い引きにでかけるのに月を待ってという例が多いのに気づく。逢い引きは月夜にしかしてはいけなかったとかんがえると、先の疑問にはある程度答えうる。ではなぜ月の夜しかいけないのかと問うていけば、必然的に恋愛を成り立たせている世界観に行き着くことになるはずである。

世界観とは生活を成り立たせている原理である。古代人は古代人の世界観をもっていたといいながら、恋愛など具体的レベルになると制度だけは特別にみなして、あとは近代的な感性で補って理解してしまっている場合が多い。それは、制度は人間性を圧迫する悪いものだから改良されていったという発展史観が前提になっているのはいうまでもない。しかし制度は古代の人びとがみずから生み出していったもので、それはかれらの世界観のあらわれである。もちろん制度化されたとたん、つねに生きて動いている人間にとって桎梏になりうるのはわかったうえでいっている。上から与えられた、われわれ庶民を苦しめるという発想は捨てるべきだ。もし古代の人びとが決定的にその制度を否定するなら、その制度はなくなっているはずだ。それを意識の低さ、抵抗の弱さ、組織力の弱さなどで説明しようとするのは、選ばれた者の発想だ。歴史は逆のことを証明している。

まずは古代の恋愛・結婚を語るなら、古代の世界観を受感する方法を見出さねばならない。古代の世界観とは、かんたんにいえば、世界は神がみの大系であり、人間はその一部にすぎず、神がみの意志に従って生きているということである。したがって人間の感情や行動も、基本的に神の側に根拠があるとみなければならない。たとえば、女を恋するのはその女の側にやむにやまれず、こちらを魅きつける不可思議な力があるからと認識した。花の美しさに魅せられるのも、花の側の力がこちらに寄り憑いてくるからだ。そのような世界観から恋愛・結婚をみるとずいぶん違ってみえてくる。本書はそのような世界観が恋愛・結婚をどのように成り立たせているかを具体的にかんがえてみたものである。

本書を『古代の恋愛生活』と名づけたのは、生活を土台にして観念があるのではなく、逆に観念が生活を成り立たせる、生活自体が宇宙観に支えられているからである。住まいのあり方、食物や食事の仕方、衣類に対する考え方など、いわゆる生活が民族によって異なり、それ自体が文化であることは、最近とみにいわれている。すくなくとも、われわれが読む資料はその宇宙観に従った表現の様式に基づいている。そして恋愛を中心にするのは結婚が制度の問題、共同体の問題であり、文学研究者である筆者としては、個体の側からかんがえていきたいからである。またどうしても資料として『万葉集』の歌が中心になるが、恋愛生活自体がひとつの文化の様式であり、その様式が歌と深く結びついているからである。

目次

序　古代の恋愛と結婚

われわれの社会では、恋愛と結婚は別のものになっている。恋愛から結婚へという段階をふむ場合もあるし、恋愛と結婚をまるで別のものとかんがえ、結婚の相手を恋愛の相手とは替える場合さえある。しかし古代では、恋愛と結婚の区別はあまり分明ではない。それはなによりも、結婚がより子の生産という社会的なものであり、それを当事者ふたりの次元でみれば恋愛であるという関係によっているると思われる。本章では、その恋愛と結婚についての基本的な問題を整理し、原理的な見方を確認していくことをしておきたい。

1　古代の結婚の用語

古代の結婚にかんする用語はヨバフ・マグハフ・ツマドフなどがある。まずその内容を検討しておこう。

ヨバフ

「結婚」という文字はヨバフと訓んだらしい。『万葉集』の〈13—三三一〇〉に、

隠口《こもりく》の　泊瀬《はつせ》の国に　「左結婚丹」　わが来たれば……

という長歌がある。この長歌が訪れる男のものであるのに対し、それに応えているとみなしてよい〈三三一一〉の長歌には、

隠口の　泊瀬小国に　「夜延為」　わが天皇《すめろき》よ……

とあり、「左結婚丹」と「夜延為」が同語であるとわかる。「夜延為」はヨバヒナスと訓めるのは確実なので、左はいわゆる接頭語のサ、丹は助詞のニとすれば、「左結婚丹」もサヨバヒニと訓むことができる。

そこでヨバフの内容だが、『日本霊異記』中巻33話に次のような話がある。

(A)大和国十市《といち》郡菴知《あむち》村の東の方に、鏡作造《かがみつくりのみやつこ》という富家があった。その家に名を万の子という未婚の美しいひとり娘がいた。身分の高い人が「伉儷《ヨバ》フニ」、いつも断わっていた。そこにある人が「伉儷ひ」、彩《しみ》の帛《きぬ》を積んだ三台の車を送ってきた。それを見て心を動かし、男の近づくのを許した。新婚の夜閨《ねや》の内に、「痛い」という声が三回聞こえたが、両親は「まだなれていないから痛むのだろう」とほうっておいて寝てしまった。明朝おそく起き、家母《いえのとじ》が閨の戸を叩き、起こしたが返事がなかった。おかしいと思って戸を開いてみると、ただ頭と一つの指だけを残してほ

かは食われてしまっていた。両親は驚き恐れ、送ってきた彩の帛を見ると畜の骨と変わり、載せてきた三台の車も呉朱臾《からはじかみ》の木となっていた。

という恐しい話である。女が「痛い」というのはいわば結婚初夜で、女が初めてだからと両親は思ったのだが、実は男の正体が鬼であり女を食べてしまったからだった。

「伉儷《ヨバ》フニ」と表記したのは、「伉儷」に「与波不二」と訓みが示されているからである。このヨバフは、話の内容から男たちが結婚を申し込んだことを示す。つまりヨバフは求婚することである。そして求婚には婚資（この場合は三台の車に載せた美しい色の絹布）を贈ったこともわかる。

ヨバフといえば、むしろ夜這いとしてつい最近まで民俗に残されていた習俗だが、本来は求婚（求愛）することだった。語義としては「呼び合う」より、「呼バ＋フ（反復・継続の接尾語）」だろう。どれも男が女に呼びかけている例だからそうとるべきである。相手の名を呼び続けるのである。そうすることで、相手の気持をこちら側に向かせることができる。だから求婚（求愛）の意になった。

ツマドフ

ツマドフがヨバフと異なることを示す例が『古事記』雄略天皇条にある。雄略が河内にいる后若日下部王《わかくさかべのおおきみ》のもとを訪れるときに、ツマドヒの物（婚資）をもっていく。安康天皇条に、皇太子だった雄略と若日下部王との婚姻が進められた記事があり、雄略天皇条で雄略が河内に通う記事があるから、ふたりの婚姻は成立している。そのうえでツマドヒの物が后に与えられる。したがってツマドヒとは、ヨバフが求婚（求愛）であるのに対し、婚姻が成立した後、男が別居している女のもとに通うことになる。

『万葉集』にも、通うことをツマドヒといっている例がある。

(B)わが背子が形見の衣
妻問《つまどひ》にわが身は離《さ》けじ言問《ことと》はずとも
〈万・4—六三七〉

わたしのあの人の形見の衣を
妻問としてわたしの身から離しますまい〔衣が〕なにも
語らないとしても

歌意は、実際には訪れて来なくても、恋人が残していった衣を、ツマドヒを受けて共寝するように、たとえば袖を交わす（その意味はⅦ参照）ようにしよう、衣はなにもいわなくても、というもの。「形見の衣」とあるから、このツマドヒは男と共寝した以後のことである。

そしてツマドヒは、

(C)古《いにしへ》に　ありけむ人の
倭文幡《しづはた》の　帯解きかへて
伏屋《ふせや》立て　妻問ひしけむ
葛飾《かつしか》の　真間《まま》の手児名《てこな》が
……
山部赤人〈万・3—四三一〉

昔いたという人が
倭文幡の帯を解きあい
伏屋を立てて妻問しただろう
葛飾の真間の手児名の
……

とあるように、伏屋を立ててそこでしていたようである。伏屋はふすための建物だろう。妻屋《つまや》ともいう。ということは、結婚すれば新たにふたりが夜を過ごすための建物を建てたことになる。ツマドヒはそういう伏屋（妻屋）に通い、共寝することだった。

その意味で興味深いのは、「葦屋処女《あしやをとめ》の墓を過ぎし時に作れる歌」（万・9―一八〇一）である。

(D)古の　ますら壮士《をとこ》の
相競《あひきほ》ひ　妻問ひしけむ
葦屋の　うなひ処女の
……

昔の勇ましい男が
たがいに競って妻問をしただろう
葦屋のうない処女の
……

「相競ひ　妻問ひしけむ」とあるから、ふたりの男が同じ女に通っていたことになる。求婚ではないのである。女はふたりの男を通わせていた。ただひとりの男を待つ女ではない。話としては、このふたりの男の愛を支えきれず、女は死ぬというものだろう。ただし〈一八〇九〉に「葦屋のうなひ処女の」と始まる長歌があり、そこには「垣ほなす　人の誂《と》ふ時／血沼壮士《ちぬをとこ》　うなひ壮士の　廬屋《ふせや》焼くすすし競ひ／相結婚ひ　しける時は」とある。「結婚」はヨバフと読めるから、これは血沼壮士とうなひ壮士が求婚を競いあったことになる。この葦屋のウナヒ処女が(D)の女と同じだとすると、(D)の「ますら壮士の／相競ひ　妻問ひしけむ」は血沼壮士とウナヒ壮士の「すすし競ひ／相結婚ひ　しける」に当たることになる。するとツマドフとヨバフは同意になる。そういうことかもしれない。また同じ葦屋のウナヒ処女の伝承でも、別のものかもしれない。よく『源氏物語』の浮舟の物語がこの葦屋のウナヒ処女の伝承を下敷きにしているようにいわれるが、共寝をしていようがしていまいが、薫も匂宮も浮舟に通っていたと世間ではみなしている。逆にこの浮舟物語から、葦屋のウナヒ処女が二人の男を通わせていたという伝承があったとかんがえてみてもよい。

ヨバフとツマドフ

ヨバフが求婚するという内容であることは動かないが、ツマドフは原則的に男が女のもとへ通うことを意味し、しかしヨバフと重なる内容の場合もありうるとしかいえないことになる。そこでかんがえうるのは、ヨバフ→ツマドフという進行の過程での区別があったが、ツマドフがヨバフの内容も含むようになったか、あるいはもともと別系統のことばで、重なりあう内容があったのか、どちらかである。どちらかといえば、後者のように思える。ヨバフは、

(E)宇治川は淀瀬《よどせ》なからし　　宇治川は澱む瀬（流れが滞る瀬）がないらしい
　網代人舟呼ばふ声をちこち聞ゆ　　網代（網を張って漁をする漁法）を張る
　　〈万・7―一一三五〉　　漁師の舟を呼び続ける声があちこちと聞こえるよ

などあり、急流で舟の配置が難しく、声をかけ続けているのが聞こえてくるというのだから、大声で呼び続けることらしい。大声とは普通の声ではないということ。逆に祝詞は微声（かすかな声）で唱えるものらしい。大きくても小さくても、ともに普通ではないわけで、特殊な声である。(E)が大声で

呼び続けるのが聞こえるというのは、その大声であることによって部外者にもなにをしているか明瞭に判断できるということである。したがって求婚のヨバフも、大声かどうかはなんともいえないが、公然とした求婚を本来意味しているとかんがえられる。普通の声で話し合うのはその場だけのことだが、ヨバフということは、大声がそうであるようにその声によってその場（E)でいえば漁師の間）を超えて公然となってしまう特殊な行為をあらわしているのである。

この内容に反するのは、先に引いた〈13―三三一二〉だけである。

(F)隠口の　泊瀬小国《はつせをくに》に
よばひなす　わが天皇《すめろき》よ
奥床に　母は寝たり
外床に　父は寝たり
起き立たば　母知りぬべし
出で行かば　父知りぬべし
ぬばたまの　夜は明け行きぬ
幾許《ここだく》も　思ふごとならぬ
隠妻《こもりづま》かも

隠口の泊瀬小国に
よばいをするわれらの天皇よ
奥の床には母が寝ている
外の床には父が寝ている
起きていくと母が知るだろう
出ていくと父が知るだろう
（ぬばたまの）夜は明けて行ってしまった
こんなにも思い通りにならない
隠妻だよ

と、ヨバフが公然としたものでないことがうたわれている。しかし、これは天皇の求婚の物語りである。天皇というかぎり、公然のものである。神婚も同じだろう。だからヨバフといっているといちおう説明はできよう。あるいはツマドフと同義異語とみたほうがよいのかもしれない。先にもそう述べたが、その可能性は高いように思える。

さらにこの(F)の場合、最後に「隠妻」とある。公然化していない秘密の逢い引きの段階になる。それなのに求婚とはおかしい。やはりツマドヒに近いといえるかもしれない。しかし(F)の前の〈三三一〇〉の長歌は、先に述べたように、男が泊瀬の女に求婚するものである。それと対応して、(F)があり、歌で応答していることになる。そしてそれぞれの反歌は、

隠口の泊瀬小国に妻しあれば ―― 隠口の泊瀬小国に妻がいるので
石は履《ふ》めどもなほし来にけり ―― 石を踏む困難な道だがやはり来てしまったことだ
〈万・13―三三一二〉

川の瀬の石ふみ渡り ―― 川の瀬の石を踏んで渡って
ぬばたまの黒馬の来る夜は常にあらぬかも ―― (ぬばたまの)黒馬〔に乗ってあなた〕の来る夜はいつもあってほしい
〈三三一三〉

と二人の関係を前提にしたものである。〈三三一〇〉と反歌、〈三三一二〉と反歌の四首は一連のものであることは「問答」という分類に収められ、「右は四首」とまとめられていることで明らかである。しかしこの四首が訪れた男が家のなかの女にうたいかけ、それに応えているとすると、起きて出てい

ったら父母に知れてしまうと(F)にあるように、どのようにして女は男の歌を聞くか読むかしたのだろうか。それはありえない。したがってこの四首は一連の物語り的なものとみなすべきである。そうかんがえれば、ヨバヒが求婚で、それを受け容れた女との間に逢い引きが始まるまでの過程がこの一連にうたわれているとみなしえ、ヨバフの混乱もとりあえず説明がつく。

(G)誰そこのわが屋戸に来喚《よ》ぶ　　誰がこのわたしの家に来て呼ぶのか
たらちねの母に嘖《ころ》はえ物思ふわれを　　（たらちねの）母に叱られて物思いするわたしなのに
〈万・11―二五二七〉

の「喚ぶ」が、訪れた男が声を出して女の名を呼んでいることをはっきりさせる例である。おそらく母にこのごろ誰かとつきあっているのかと詰問され、叱られたその直後に男が来て名を呼んでいるのである。また母に叱られてしまう。これは父母に公認されていない私的な段階だから「喚ぶ」でしかないのだろう。

ヨバフが呼び続けることによって相手をこちらに引き寄せてしまうという、声にかかわる表現であることによって、公式の求婚（求愛）をあらわすのに対し、ツマドフは、ツマが対《つい》の一方をあらわすから、対の一方が一方を訪《と》う意であり、逢い引き自体をさすとかんがえられる。つまりヨバフに比して、より継続的ないい方のようだ。

マグアフ

『古事記』神代の、海幸彦と交換した釣り針を失くした山幸彦がわたつみの国に行き、そこの王の娘豊玉姫と出会う場面は、「豊玉毘売命《とよたまびめのみこと》、奇《あや》しと思ひて、出で見て、乃《すなわ》ち、見《み》感《め》でて目合《まぐあひ》して」とある。その後、豊玉姫は父に告げ、父はその男の正体をあかし、連れ帰って、豊玉姫と結婚させる。このマグアフは、目と目を交わすことで、心を通じ合わせること、つまり結婚の了解とみなしうる。ところが、日本神話の最初の結婚であるイザナキ・イザナミ神話で、イザナキが「吾《あれ》と汝《なれ》とこの天の御柱を行き廻り逢ひて、ミトノマグハヒせむ」とイザナミに語る場面がある。ミトノマグハヒは音仮名でその訓み方が示されているから、このことばが古くあったことが確認される。ミトはいわゆる接頭語のミと場所を示すトで、性器をさすとされ、ミトノマグハヒで性交を意味するとされている。しかしミトは御処で、かならずしも性器ととる必要もなく、マグハヒをする神聖な場所としたほうがよい。マグハヒは目と目を交わすという解釈がすべての論者で一致しているからである。神聖な神婚すべき場所で目と目を見交わすことがミトノマグハヒで、当然その後の共寝を含んだ。表現を即物的に理解せずにはすまないのは悪い癖だ。海幸・山幸の神話をみても、マグハフ自体は性交を含んでいないが、そのような用例は他にもある。結婚というレベルでいえば、目と目を見交わして感応することは、必然的に共寝に行きついたのである。

クナカヒ・トツギ

性交という行為を意味するのは、クナカヒであった。

『日本霊異記』の上巻1話に、雄略天皇が大安殿《おおやすみどの》で后と共寝をしているところを、小子部栖軽《ちいさこべすがる》が見てしまう場面があるが、「天皇、后と大安殿に寐《ね》て婚合したまへる時」の「婚合」に「久奈可比」と訓み方が示されている。クナカヒである。語源的にはクナギ＋アヒでクナガヒとされる。大安殿に寝て（「寐」も訓みが示されている）クナカヒしたというのだから、このクナカヒは明らかに性交そのものを意味しよう。

同じ『日本霊異記』の中巻11話では、「婚」にクナカヒスの読みが示されている例もある。この例も、夫が戒律を受けにいった妻と導師の仲を疑って「汝、吾が妻に婚《くなかひ》す」と罵《ののし》るもので、現代語で卑俗にいえば、お前はおれの女とやったな、ということになる。

トツギということばもあった。場所、つまり性器をつなぐことで、性交そのものだろう。『日本書記』神代のイザナキとイザナミの神婚神話で、鳥が首と尾をゆり動かすのをみて、それに習って「交《とつぎ》の道」をえたという伝承がある。

スム

われわれの語感のように、ある一定の場所で生活することをスム（住む）というが、マグハヒが成立してツマドヒが続く状態もスムという。一例だけあげておくと、『古事記』崇神天皇条で、三輪神が活玉依姫《いくたまよりひめ》に通う三輪山神話の「相感《あひめ》でて、共婚《まぐは》ひして供住《す》める間に、いまだ幾時《いくとき》も経ぬに、その美女《をとめ》妊身《はら》みぬ」の部分のスムである。親に妊娠を気づかれて、事情を説明するときに、女は「夕毎《よごと》に到来《きた》りて、供住《す》める間に、自然《おのづか》ら懐妊《はら》みぬ」と答える。男は夕に来て朝に帰るわけで、その状態が続いているのをスムといっている。

このスムとわれわれの語感のスムが同語であることは、結婚における夕から朝までの時間帯が通う男にとって心安まる安定したものであることを示している。通う男にとっては両親とともに暮らす家よりも、女のもとがスム場所なのである。つまりその男にとって、女のもとこそが生きていく活力を生み出す本質的な場所であり、子を生産して未来を造り出すスミカだったのである。

2 結婚の意味

子の生産としての結婚

『古事記』応神天皇条の、兄弟である春山霞壮夫《はるやまのかすみおとこ》と秋山下氷壮夫《あきやまのしたひおとこ》との出石処女《いづしおとめ》をめぐっての妻争いの話で、春山霞壮夫が母の呪術によって処女を手に入れる場面が、

(H)イヅシヲトメ、その花（春山霞壮夫がかけた弓矢が藤の花になったもの）を異《け》しと思ひて、もち来る時、〔壮夫は〕その嬢子《をとめ》の後《しり》に立ち、その屋（厠《かわや》）に入る即ち婚《ま》きつ。故、一子《ひとりこ》生みき。

と書かれている。厠（便所。川に突き出して建てた屋）が神婚の場所である例は、I「結婚の起源神話」

の(G)で引く三輪山神婚神話の丹塗矢型がそうで、用便が排泄の行為というより、人間の内部と外部の接触行為であったことを示す。糞は呪力あるもので、肥料として作物の生長力を増進する不可思議な力を発揮したりした。なによりも厠はふだん人に見せてはならない秘部を晒すことの許されている特殊な空間だったのである。だから神婚の場所ともなった。

この話は兄弟の女争いを語るもので、引用部の後にも、争いに負けた兄がその賭物を出さないので、ふたたび母に相談し、呪術で兄を懲らしめて賭物をえるところで終わる。すると(H)の最後の「一子を生みき」とはどういう位置にあるのだろうか。前後にまるでかかわりなく、この一文があるのである。それは神話によくあるその子が始祖になるというのでもない。これは、神婚（結婚）が子の生産を意味するからとしか説明しえない。結婚＝子の生産だからこそ、この一文が行為に続けて書かれたのである。もちろん神婚は始祖伝承であるから、この生まれる子の子孫はある氏族の始祖であったとあるほうが自然である。その部分が欠落したのだろう。その場合でも、神婚が始祖を生み、氏族を生み出すのだから、子の生産である。

神婚が始祖伝承で、氏族の誕生を語るものということは、神とは共同の幻想（神の概念については、古橋『万葉集を読みなおす』に詳述）だから、氏族自体の問題であることを意味する。つまり結婚とは、共同体の位相では子の生産を意味するのである。まずはこの位相をおさえることが肝要である。子は共同体の未来を担うものだから、当然といえばいえる。結婚を愛情などで捉え過ぎてはいけない。共同体が未来をもつために要求するものとして結婚があった。

結婚・逢い引きの手続き

結婚はまず共同体の要求するものであるということは、共同体としての禁忌や規定があることを意味する。『万葉集』の歌に多くみられる人目・人言を避けるのも、逢い引きのきまりだろうし、歌をうたい交わしたり、夕から朝までしか逢えないというのもそうだろう。本書では、そういうルール・禁忌がどんなものだったかを扱うことになる。

それは恋愛・結婚が、やはり基本的・具体的には、異なる性の個体と個体の結びつきでしかないことによっている。つまり、吉本隆明の語でいえば、対《つい》の問題である。そういう対の個別的なものが共同体的なものでなければならないところに、さまざまの禁忌やきまりが要求されてくるのである。歌は、その個別的なものである恋愛を共同体的なものに搦めとる表現であった。

男の交換としての通い婚

社会人類学では、結婚を女の交換としてかんがえている。たとえばA・B・Cの三つの集団があるとき、A集団の男はB集団の女を、B集団の男はC集団の女を、C集団の男はA集団の女というように、それぞれの女と結婚し、三つの集団はそれぞれの集団との関係を維持する。もちろんこれは共同体の側面から婚姻をみている。

そのような明確な法則があるわけではないが、通い婚（妻訪い婚）という婚姻形態は、男が家を出て女のもとに通うものだとすると、女は家で男を迎え、生まれた子は女の側に属するなら、男の交換をしていることになるではないか。

事例としてうまくあげられないのが残念だが、その可能性がある。といっても、古代日本の婚姻は男方同居婚もみられ、明確にはしえない。通い婚自体も、やがて男方同居に移行する場合があり、結婚の初期の段階だけかもしれない。

3　結婚と年齢

共同体の世代構成

基本的に共同体は三代の世代に分けられている。上の世代は老人の世代で、それまで共同体を具体的に維持してきた蓄積と知恵によって共同体に位置を占めている。中の世代は大人の世代で、共同体を具体的に維持する生産を担っている。下の世代は子供の世代で、共同体の未来を担う役割をもっている。共同体はこの三世代が相互に協調して成り立っている。しかし世代の異なることは存在の相違でもあるから、世代間の対立をもつ。この対立と協調の緊張関係が共同体のもつ矛盾（たとえば個人はあくまで個人だが、個人では生存できないから共同体を営むという矛盾、自然を畏れながら自然を征服しなければ存続できないという矛盾など）をある程度克服し、共同体を活性化している。

さらにこの世代の区分は、下の世代から上の世代まで自然過程として移動していかざるをえないという矛盾を孕んでもいる。共同体は基本的に維持されなければならないという意味において保守的だから、一方でこの自然過程としての時間を静止させねばならない。そこでこの世代間の移動に厳しい試練を課すことにもなる。

これが共同体の基本的な構造だが、結婚にかかわるのは、中の世代である。あらゆる生産を担うと述べたのには、子の生産も含んでいる。中の世代は共同体を維持するためにも子を生産する義務がある。したがって大人の仲間入りをするのは、同時に結婚することを意味する。

成人と結婚

『古事記』安康天皇条で、天皇が皇太子の大長谷皇子（後の雄略天皇）と若日下部王を結婚させようとした話を先に引いたが、このとき大長谷皇子は「童男《をぐな》」とされている。つまり少年は結婚することによって大人になるのである。結婚することと成人することとが同値であることを示すよい例である。『源氏物語』桐壺巻で、光源氏は一二歳で元服（成人式）をする。『源氏物語』は当時の習俗を知るうえでも宝庫である。近藤富枝氏の整理によってその儀を示すと、

午後四時、加冠の儀式が行なわれた。場所は父帝の常住する清涼殿である。その東廂に帝は東向きに置いた椅子に坐られる。その前に光と、今日の加冠役である左大臣がかしこまる。やがて大蔵省の長官と蔵人（帝の近侍役）のひとりが、光の髪をそぎ、左大臣が冠をかぶせる。服装も子

ども服である欠腋の袍を脱いで、縫腋《ほうえき》（わきが縫われているもの）の袍にかえる。

（近藤富枝『服装に見た源氏物語』'82　文化出版局）

髪をそぐとは、童の髪型である角髪《みづら》（髪を左右に分け耳の上で結び、輪を作ったもの）を切ること。欠腋の袍とは、腋《わき》の縫われていない上衣。元服は髪型と服装を変えることである。子供の髪型と服装があり、それをしているのを「童姿」といっている。

この儀式の後、宴会がある。その夜、光源氏は左大臣の私邸に行く。婿として迎えられるのである。その夜の儀式までが成人式の一連の行事とかんがえてよい。その夜の添臥《そいぶし》の女として、左大臣の娘（葵の上）が選ばれたのである。この一連の行事をすまして、源氏は「大人《おとな》」になった。成人と結婚が一致するよい例である。

赤松啓介氏によれば、岡山県では成人式の夜、村の寡婦が、足りなければ夫のある女も選ばれるが、成人を迎えた若者の人数だけ集まり、観音堂に一晩籠って、若者たちに性行為を教える風習があったという（『非常民の民俗文化』'86　明石書房）。丈夫なよい子を作るために、正しい性行為を教えるのが村落共同体の義務だからという。

成長過程と髪型・服装

『万葉集』の竹取翁の歌（16—三七九一）には、男の子の成長が服装・髪型の変化としてうたわれている。

(Ⅰ)

緑子《みどりご》の　若子《わくご》が身には
たらちし　母に懐《むだ》かえ
褨襁《ひむつき》の　平生《はふこ》が身には
木綿《ゆふ》肩衣《かたぎぬ》　純裏《ひつら》に縫ひ着
頸着《うなつき》の　童児《わらは》が身には
夾纈《ゆひはた》の　袖着衣《そでつけごろも》
着しわれを
にほひ寄る　子らが同年輩《よち》には
蜷《みな》の腸《わた》　か黒《ぐろ》し髪を
ま櫛《くし》もち　ここにかき垂れ
取り束《つか》ね　揚《あ》げても纏《ま》きみ
解き乱り　童児に成《な》しみ
さ丹《に》つかふ　色懐《なつか》しき
紫の　大綾《おほあや》の衣《きぬ》
住吉《すみのえ》の　遠里小野《とをさとをの》の
ま榛《はり》もち　にほしし衣に

緑子の　若子であったころは
（たらちし）母に抱かれ
褨襁の　幼児のころは
木綿肩衣に　総裏を縫いつけて着
髪がうなじに垂れる　子供のころは
しぼり染の　袖着衣を
着ていたわたしだよ
匂いの寄りつく　あなたたちと同年齢のころには
蜷の腸のように　黒い髪を
ま櫛でもって　ここに梳き垂らし
束ねて　揚げて巻き
解きばらばらにして　童髪にし
丹のさした　離れがたい色の
紫の　大綾の衣で
住吉の　遠里の小野の
榛でもって　美しく彩った衣に

高麗錦《こまにしき》　紐《ひも》に縫ひ着け
指《さ》さふ重《かさ》なふ　並《な》み重ね着
打麻《うつそ》やし　麻績《をみ》の児ら
あり衣の　宝の子らが
打栲《うつたへ》は　経《へ》て織る布
日曝《ひさらし》の　麻紵《あさてづくり》を
信巾裳《しきも》なす　脛裳《はばき》に取らし
支屋《いへ》に経る　稲置丁女《いなきをみな》が
妻問ふと　われに遣《おこ》せし
彼方《をちかた》の　二綾下沓《ふたあやしたぐつ》
飛ぶ鳥の　飛鳥壮士《あすかをとこ》が
長雨禁《ながめい》み　縫ひし黒沓
さし穿《は》きて　庭に彷徨《たたず》み
退《そ》け勿《な》立ち　障《さ》ふる少女《をとめ》が
髣髴《ほの》聞きて　われに遣せし
水縹《みはなだ》の　絹の帯を

高麗錦の　紐を縫い着けて
さしたり重ねたり　並べ重ね着て
打麻の　麻績の子らが
美しい　宝の子らが
衣を作るには　日数をかけて織る布を
日に曝した　麻の手作りの布を
幾重にも重ねた　裳のように脛裳に着け
家に籠る　稲置丁女が
妻問うというので　わたしに贈ってきた
彼方の　二綾の靴下をはき
（飛ぶ鳥の）飛鳥壮士が
長雨に隠《こも》って　縫った黒靴を
はいて　庭に佇み
帰れ立つなと　〔親の〕防げる少女が
ほのかに聞いて　わたしに贈った
水縹色の　絹の帯を

引帯《ひたおび》なす　韓帯《からおび》に取らし　　引帯のように　韓帯として身につけ
海神《わたつみ》の　殿の蓋《いらか》に　　海神の　殿の屋根に
飛び翔《かけ》る　蜾蠃《すがる》の如《ごと》き　　飛び翔ける　蜂のような
腰細《こしぼそ》に　取り飾《よそ》ほひ　　細い腰に　飾り装い
真《ま》澄《そ》鏡《かがみ》　取り並《な》めかけて　　真澄鏡を　並べかけて
己が顔　還《かへ》らひ見つつ　　自分の顔を　繰り返し見ながら
春さりて　野辺を廻れば　　春になって　野辺を廻ると
おもしろみ　われを思へか　　おもしろいと　わたしを思うからか
さ野つ鳥　来鳴き翔《かけ》らふ　　野の鳥が　来て鳴き飛ぶ
……　　……

竹取翁が若い頃を振り返ってうたう部分である。緑子、乳幼児、童子、少年、成人と段階に分けられている。

最初の段階1、2はかんたんで母に抱かれているだけだが、これは生まれたままとみてよい。緑子・若子といっている。髪も手入れせず、裸である。裸でいられるのはこの時期だけだった。次の3「平生」は、這う子で幼児だろう。総裏の肩衣（袖なしの綿入れのようなもの）を着ている。次の5 6 7は童児の段階。後で述べるが七歳ぐらいまでの児。髪は首まで垂らしている。いわゆるオカッパか。

このころは袖のついた衣を着る。次の8「子らが同年輩」といわれるのは、八歳ぐらいから成人までの少年期の年齢だろう。先の『古事記』安康天皇条や『源氏物語』桐壺巻の、「童姿」をする年齢に当たる。ということは、この年齢も童《ワラハ》である。髪は童髪にしている。ただしここでうたわれているのは求婚される頃のことで、髪を童髪にしたり解いたりしているのは、童の年齢が終わるころのことを意味している。女が求婚としてすばらしい着物を贈ってきた。女からの求婚（求愛）も「妻問ふ」といっていることにも注意しておこう。ツマは対の一方で、夫も妻もツマである。あくまでも対等だった。

童の髪型は放髪《ハナリ》と呼ばれる。先に引いた(D)と関連する「菟原処女《うはらのをとめ》の墓を見たる歌」（9—一八〇九）は、

(J)葦屋の　うなひ処女の
八年児《やとせご》の　片生《かたおひ》の時ゆ
小《を》放髪《はなり》に　髪たくまでに
並び居《を》る　家にも見えず
虚木綿《うつゆふ》の　隠りてませば
……

葦屋の　うなひ処女が
八歳児として　半ば生い育った時から
小放髪に　髪がのびるまで
並びある　家にも姿をみせず
（虚木綿の）隠っていらっしゃるので
……

と始まる。七歳まではおかっぱにしている。少女期は髪上げするにじゅうぶんな長さがあるが、のば

し垂らしたままにしている。それを放髪という。これも幼女と成女の中間の状態をあらわしている。「並び居る家にも見えず」は普通の家にはいない、つまり神の家にいるということである。したがって、(J)は少女期は神に仕えて隠っていたとうたっている。奇妙な歌がある。

(K)橘の寺の長屋に
　わが率寝《ゐね》し童女放髪は髪上げつらむか
　　〈万・16—三八二二〉

——橘の寺長屋に
　わたしが連れて共寝した放髪の童女は髪を上げただろうか

放髪にしている童女と共寝した。寺の長屋に住むものは僧か見習いの僧だから、女と共寝するのは禁忌だった。巻十六は「有由縁雑歌（由縁ある雑歌）」として分類された奇妙な歌の巻である。『古今集』の俳諧歌とも通じる呪力強い歌が集められている。禍《まが》まがしい歌、不気味な歌である。この(K)もその一首で、呪文歌のようなものと思われる。歌の内容は、共寝した童女がもう髪上げして結婚しただろうかというもの。放髪にした少女は抱いてもいいことになる。

童女と性

童《ワラハ》と呼ばれる少女が性的な関係をもつのは、時代はずっと下る資料になるが、『堤中納言物語』の「ほどほどの懸想」にはっきり出てくる。

葵祭に、童女たちが着飾り、それをだいたい同身分・同年齢の男たちが好みに従って選び、言い寄る。主人公の頭中将の小舎人童《こどねりわらわ》も、同様に式部卿の姫君の女童に言い寄り、通うようになる。男も女もともに童である。

童の年齢がどのくらいからどのくらいまでかはっきりしないが、同じ『堤中納言物語』の「貝合《あは》せ」には、かわいらしくて子供子供した童が登場する。「八、九ばかりなる女子《をんなご》」とされている。さらにかの女の仲間に「十四、五ばかりの子ども見えて、いと若くきびはなるかぎり十二、三ばかり、ありつる童のやうなる子どもなどして（十四、五歳ばかりの子供たちが見えて、たいそうかよわいようすの者ばかり十二、三人ぐらい、さっきの童のような子供といっしょに）」とされる十四、五歳の少女たちもいる。「十四、五ばかりの子ども」といわれているから、かの女たちも童である。八、九歳は童の下限だろう。それくらいはまったくの童女である。そして十四、五歳ぐらいだと「ほどほどの懸想」の童のように性的な関係ももつ。

三角洋一氏は女子の成長段階を「三～五歳の袴着、七歳で身を入れてまなぶ習いごとをはじめ、十二、三歳で裳着、十七、八歳からが成人で、二十四、五歳あたりまでが結婚適齢期。これを過ぎると家刀自として子女の養育に腐心する」と整理している（「歌まなびと歌物語」『国語と国文学』'83・5）。この三角氏の整理でいえば、七歳から十六、七歳までが童と呼ばれる期間となる。ただし七歳は確実に幼女の段階である。後の七五三の七だ。八歳から童であるのは『堤中納言物語』「貝合せ」からも明らかだろう。物語の主人公のお姫さまの結婚適齢期とはずれていることにも注意しておこう。光源氏と結婚した葵の上は十四歳だった。お姫さまたちは十二、三歳の裳着の後、結婚した。しかし普通の女たちは、十二、三歳から十六、七歳までは、さまざまの面での大人の見習い期間だった。だから性のことも学んだ。処女がどうのこうのというのは、一部支配階層の問題だったのである。その支配層の倫理が近代ブルジョワ社会に受け継がれる。

4　恋愛と結婚

われわれの概念では結婚と恋愛は別である。しかし古代の場合、恋愛と結婚の区別はきわめて難しい。いちおう結婚式が行なわれて以降を結婚とでもかんがえればよいのだろうが、その結婚式そのものが明らかではないのである。

三日の餅

平安期の物語類に、男が女のもとへ通った三回目の夜に餅が出され、その餅をふたりが共食した後、女の両親と饗膳にあずかる儀礼がある。三日《みか》の餅《もちい》という。要するに母方の両親に公認されることで、現代の結婚式に当たろう。所顕《ところあらわし》というのも同じである。

古代の文献にこの例はほとんどみられないが、『日本霊異記』中巻34話に、三日の餅の儀礼を思わせる記事がある。

(L)奈良京の殖槻《うえつき》寺のそばの里に、みなし子の女がいた。男と通じたこともなく、夫もなかった。両親が健在だったころは豊かで、観世音の像を鋳て、仏殿を造り、供養していた。両親の死後、没落し、女は観音の像に祈るだけだった。その里の、妻に先立たれた富者がその女を見て、媒《ナカヒト》を立てて求婚した（原文「伉儷《ヨバヒ》」）。女は断わったが、男はさらに媒を送り、また断わられたので、男は直接女を訪れ、迫った。しかたなく女は承諾し、共寝した。雨が降って出られず、男は三日、女のもとに留まった。男は腹が空き、食事を乞うたので、女は出すものがなにもなく困り、観音に祈った。隣の富む家の乳母が食物を持ってきてくれた。翌日、隣の家にお礼に行くが、覚えがないといわれ、観音の利益《りやく》を知った。

ヨバフの例にもなる。ナカヒト（仲人）を立てて求婚することが知られる。男は三日間女のもとに隠る。雨に降り籠められたとは説話上の表現で、結婚の三日後の儀式を導く。その家の竈の火で作った食事をすることは、その家の一員と認められることである。女に両親がないから、所顕にはならないが、儀式をふまえている。

この話はこの後、男方に住んだのか、女方に通ったのか記されていないが、「これより後、本《もと》の大きなる富を得、飢《まぬか》を脱れ愁《うれへ》なく」つつがなく夫妻は寿命をまっとうしたとあるから、女の家に男が通うか同居したか、どちらかに思える。

『日本霊異記』は説話集であるだけ、当時の習俗をえがいている場合が多い。しかし婚姻について、妻方同居だけでなく男方同居もみられ、統一的な考えは示せない。古代全体からいって、江守五夫氏は「一時的妻訪婚」という見方をしている（『日本の婚姻』'86 弘文堂）。妻訪婚《つまどい》から始まるが、やがて男方同居になるというのである。そうかもしれないが、確証はえられない。

恋愛と結婚

先に述べたように、結婚が社会的なもので、子の生産に意味があるとするなら、恋愛も結婚も区別されない。ただ所顕があり、公になるかどうかで恋愛か結婚か分けられるのかもしれない。『万葉集』を読んでいると、すぐ人目・人言を避ける歌の多いのに気づくだろう。人目・人言を避けるのは公認されていないからで、結婚以前とかんがえることもできる。しかし親に承認されても、通う姿を人に見られるのはやはり禁忌だった。でなければ夕に訪れ朝に帰る通い婚自体の意味がない。神の時間帯としての夜に訪れるのは、訪れる男が神の位置に立っていなければならないから、他人に人間の姿を見られるのは忌むのである。したがって、歌において結婚後か結婚前かを区別することはほとんど不可能である。ただ親に承認されることは、女の家へ通うことが許可されるわけだからそれ以前と異なる。それ以前はおもに野外で逢い引きした（Ⅴ参照）らしい。つまり野外の逢い引きか女の家での逢い引きかで、恋愛と結婚の区別はつくことになるのかもしれない。

しかし親の承認でなによりも重要なのは、定まった男との関係として固定することだったろう。森朝男氏が所顕について『落窪物語』を引いて興味深いことを述べている（「歌ことばの神話学」『相模国文』'87・3）。おもしろの駒の話である。中納言の四の君のもとへ通って来ていた男が、所顕で評判の痴れ者おもしろの駒と知れ、母が「おいらかに初めよりかうかうしたりと言はましかば、忍びてもあらましを」と悔やむ。「こういう男と関係ができていたと初めから話してくれたら、うやむやにしえたろうに」と森氏は内容を解している。いったん所顕をしてしまったのだから、どうしようもないということになる。それ以前なら男との関係はなかったことになるのであるという。

ということは、逆に承認された男以外との関係はもてなくなる。そうなれば「人妻」と呼ばれ、他の男と関係をもつことは禁忌になる。もちろん、それでもなおかつ恋する男が出てくることは、『万葉集』の「人妻」を恋する歌のあることで明らかである。

しかしやはり重要なのは、歌では恋愛か結婚かほとんど区別がつかないことだ。社会的には、結婚は子の生産という意味をもつから、子を産んで初めて社会的に認められるといってもよいほどだ。女方の親は子を産むことを前提にして婿をとるのである。そして子が産まれれば、女は主婦として、育児に心くだき、家事に心くばることになる。そのとき恋愛は終わっている。なぜなら、恋愛は一対の男女の関係だが、子が生まれると、その個別的な対が社会化されるからである。対だけの関係のなかで完結できなくなる。それは恋の終わりである。

本書では恋愛も結婚もあまり区別なく扱っている。ただし強いていえば、結婚と恋愛は性的な対の関係を、社会的な結びつきからみるか、当事者の間のこととしているかの差異といえるかもしれない。結婚も通い婚であるかぎり、逢い引きとみなしうるからである。その意味では本書は恋愛を中心にして、逢い引きの様式を探ることを目的としている。それは本書で扱う資料のほとんどが歌であり、歌は〈共同性〉の表現であっても、基本的に個体の側からの表現だからでもある。つまり歌は恋愛はうたえても、結婚はうたえない。

I　結婚の起源神話

この世のあらゆるものと同様、結婚にも起源神話がある。その神話には、古代の結婚（恋愛）についての基本的な観念があらわれているはずだ。その観念を確認することから始めよう。

1　イザナキ・イザナミの神婚

日本の神話のなかで結婚の始まりはイザナキ・イザナミの神婚である。

(A)イザナキとイザナミは、天の浮橋《うきはし》からただよえる国（始源の固まっていない国）に天の沼矛《ぬぼこ》を下してかきまわし、引き上げるときに矛の先からしたたり落ちた滴によってできたオノゴロ島に天降って、天の御柱を立て、八尋殿《やひろどの》を立てた。そこでイザナキは「あなたの身体《からだ》はどのようになっているか」と問い、イザナミは「私の身体には合っていない所が一か所あります」と答えた。イザナキは「私は余っている所が一か所ある。それなら私の余っている所であなたの合っていない所を塞いで、国を生もう」といい、イザナミも同意した。そこでイザナキは「私とあなたと、この天の御柱を廻って行き会って、ミトノマグアヒをしよう。あなたは右から廻りなさい。私は左から廻って会いましょう」と約束した。そうして廻り会ったときイザナミが「ああなんてすてきな男でしょう」と先にいい、イザナキが「ああなんてすてきな女だろう」と後でいった。女が先にいうのはよくなかったが、クミド（隠み所）で抱き合って水蛭子《ヒルコ》を生んだ。この子は葦船に入れて流した。次に淡島も生んだ。この子たちは子の数に入れなかった。そこでふたりは、天に上って天つ神に相談したところ、天つ神は占って、「女が先にいったのがよくない。帰ってもう一度いい直せ」と告げ、ふたりはその通りにして、子（島じま）を生んだ。〈『古事記』神代〉

具体的な行為とその前の手続きの起源が語られている。共寝の前に男が問いかけ、女がそれに応える手続きに注意しておこう。このことは後で述べる。

神話自体について述べれば、ヒルコは、女が先に語りかけることの禁忌を犯したために生まれた異常な子として、葦の船に乗せられ流されたとされるが、本来日の子の意（天照がヒルメ＝日の女と呼ばれる例がある）で、ヒコ（日子、太陽の子である男）とヒメ（日女、太陽の娘、あるいは太陽と婚する女）のようにヒルメと対応し、不吉な子であったわけではない。吉田修作氏が、民間レベルでのヒルコ伝承は福をもたらすものとしてあることとかかわらせて、ヒルコの変容を論じている（「ヒルコ伝承」『シリーズ古代の文学5伝承と変容』'78　武蔵野書院）。

ヒルコが流される原因についてこの説明は、いわゆる男優位の思想が中国から移入されたためで、もとはイザナキと妹《イモ》イザナミの近親相姦の禁忌の犯しだという説もある（西郷信綱「近親相姦と神話」『古事記研究』'73　未来社）。これは東南アジアに広く伝えられる洪水神話（旧約聖書のノアの箱舟の話のように、洪水で人類が滅び、兄妹ふたりだけ生き残り、成人して婚したが最初の子は不具だったといったもの）との関連として捉えたものである。

妹と兄

古代の歌に多用される妹《イモ》と兄《セ》（背と表記される場合が多い）は近親婚を示すはずである。そんなはずはないということから、辞書類も諸注釈も「妹」には年下の女の姉妹の意と、恋人、妻の意という二つの意味があるように説明してある。同じイモということばでまるで異なる、矛盾する意味をあらわすはずがない。むしろこういうところに古代の世界観が読みとれる。

社会人類学の親族論が手がかりを与えてくれている。交叉いとこ婚（自分にとって、親の兄弟姉妹のうち、その親とは異なる性の親の兄弟姉妹の子供との結婚。たとえばわたし（=男）からみて、父の姉妹の娘あるいは母の兄弟の娘との結婚）は理想的な結婚であり、平行いとこ婚（たとえばわたしの父の男兄弟の娘あるいは母の姉妹の娘との結婚）は禁忌であるという。ほとんどの民族に共通するこの観念は妹と兄についてのヒントを与えてくれる。特に交叉いとこを呼ぶ呼称が、交叉いとこでない結婚相手にも使われるという例（レヴィ＝ストロース『親族の基本構造』馬淵東一・田島節夫監修　'77〜'78　番町書房）は、かんがえてみるべきである。これは交叉いとこ婚が理想的な結婚であるからこそ、そうでない相手も交叉いとこと呼び、理想的な結婚相手とみなすのである。そしてその反対側に平行いとこ婚の禁忌があることによって、いとこ婚が聖婚であることをより明確に示している。古代日本の場合、その交叉いとこ婚にあたるのが妹兄の結婚なのである。もちろんその妹兄とは、異母兄妹のことである。わたしは男だから男側から述べれば、妹にも二種あり、古代日本では同母妹をイロモといい、異母妹をママイモという。『古事記』にみるかぎり、一般的には「妹」と表記されながら、婚姻の相手をいうときにははっきりとママイモと表記されている。そしてイロモの用例は、婚姻の禁忌にふれた例と兄妹の紐帯が強いことを示す例以外にはない。つまり婚姻にかんしては、ママイモは理想的な相手、イロモは禁忌という明瞭な区別がなされている。その神話的な意味は、一対の男女の結びつきの理想は兄妹であるが、兄妹は家族としては性的に禁忌であるゆえ、その性が疎外されて理想婚としての兄妹婚を幻想するということだろう（詳しくは古橋「兄妹婚の伝承」『シリーズ古代の文学5伝承と変容』前掲）。

イザナキとイザナミは兄妹であり、神婚をした。つまり理想的な結婚が始祖に幻想されたことになる。歌において、恋人同志、夫婦が妹・兄と呼び合うのは、相手をこの理想的な恋人、結婚の相手として妹・兄をみなすからである。古代エジプトでも、愛する者同志が妹・兄と呼び合ったらしい（L・コットレル『古代エジプト人』酒井伝六訳　'73　法政大学出版局）。

2　天孫と木ノ花咲ヤ姫との結婚

『古事記』の語る二番目の神婚は葦原中つ国に降臨したニニギ命と木ノ花咲ヤ姫との結婚である。

(B)日向の高千穂に天降ったニニギ命は、笠沙《かささ》の崎で美しい女木ノ花咲ヤ姫に出逢う。その父大山ツミ神に姫を乞うと、大山ツミは姉の石長《いわなが》姫といっしょに奉る。ニニギ命は、石長姫が醜いので帰し、木ノ花咲ヤ姫とのみ婚す。大山ツミ神は二人の娘を奉った理由を、石長姫を召すとニニギ命の命《いのち》が岩のように永遠に、木ノ花咲ヤ姫を召すと木の花が栄えるように繁栄をえられるようにと願ったからだったと説明する。ニニギ命は木ノ花咲ヤ姫だけを召したから、花のように栄えたが死ぬことになった。

〈『古事記』神代〉

天皇も死ぬことの起源神話になっており、かならずしも結婚の神話とはいえないかもしれない。天皇は神の側の存在ならば、人と同じに死ぬはずはない。しかし現実には天皇も死ぬ。その矛盾が神話として説明されている。石長姫と婚していれば、この世でも死なない存在になりえたと。

醜女との王の結婚

結婚の神話としてあげたのは、この石長姫と婚していれば不死になりえたということを、結婚の側から、醜い女との結婚の起源神話とみなしうるからである。

天皇は醜い女とも婚したらしい。醜女は古語ではシコメという。シコは大国主命が葦原醜男《アシハラシコヲ》とも呼ばれていたり、黄泉《よみ》国の魔女が黄泉《ヨモ》ツ醜女《シコメ》と呼ばれているように、たんに醜いというだけでなく不気味な強い呪力をもつものをいったらしい。

孝元天皇はウツ醜男《シコヲ》の妹ウツ醜女《シコメ》と婚し、後の開化天皇を生んでいる。ウツ醜男の娘イカガ醜女とも婚している。開化は庶母《ママハハ》のイカガ醜女と婚し、後の崇神天皇をもうけている。このイカガ醜女の兄弟のイカガ醜男は、崇神朝で大物主神の祟りがあったとき、天神地祇の社を定め祀る役割をはたしている。『日本書紀』ではこのイカガ醜男を物部連の祖としている。その部分は「物部連の祖イカガ醜男をして、神班物者《かみのものあかつひと》とせむと卜《うらな》ふに、吉《よ》し」とある。朝廷から全国の社に幣帛を分かち与える役割をした。神にかかわる職務をはたしたわけである。『新撰姓氏録』にはイカガ醜男を始祖とする多くの氏族が確認されるが、真神日曾禰連、巫部《かんなぎべ》宿禰、水取《もいとり》連、宇治山守連、若湯坐《わかゆえ》宿禰、采女《うねめ》臣など特殊な職掌にかかわる氏族が多く、イカガ醜男の特殊な力を思わせる。

ウツ醜女・イカガ醜女が実際に醜女であるとはかぎらないが、どうしても魅きつけられてしまう美しさの呪力とは逆の、不気味で忘れられない醜さの呪力があり、天皇はその両方の女と婚しなければならなかったようである。美しさと醜さを両極におけば、その両方と婚することで、天皇は全世界の呪力を身につけることになり、この世の統治者たりえたものと思われる。つまり(B)の神話は、天皇が美しい女と醜い女の両方と婚しなければならないことの起源を語る神話ともみなしうる。

姉妹との結婚

ニニギ命は石長姫と木ノ花咲ヤ姫の姉妹と結婚すればよかった。その意味では、天皇は姉妹と婚するという観念があったのかもしれない。たとえば、七代孝霊天皇は大倭国《オホヤマトクニ》アレ姫（ハヘイロネ）とその妹ハヘイロドの姉妹の両方と婚している。この姉妹は三代安寧天皇の娘である。

『古事記』垂仁天皇条に、(B)と似通った話がある。

(C)垂仁の后サホ姫は兄サホ彦に「夫と兄とどちらがたいせつか」と問われ、兄と答えたことからサホ彦の皇位簒奪の乱にまきこまれ、兄とともに稲城《いなき》のなかで焼死するが、そのとき天皇の子を妊娠しており、垂仁にその子を託し、丹波ヒコタタスミチノウシ王の娘たちを妃として迎えるように勧める。ミチノウシ王は四人の娘を奉るが、垂仁はウタゴリ姫、マトノ姫の二人を醜いために送り帰す。マトノ姫は恥じて木で首つり自殺をしようとするがはたせず、深い淵に投身自殺する。（『日本書紀』では、五人の娘が捧げられ、五女のタカノ姫が醜いゆえに帰され、帰途輿から落ちて死ぬことになっている）

『古事記』では二人の姉妹と婚し、『日本書紀』では四人の姉妹と婚する。その姉妹の長女はヒバス姫で、皇后となり後の景行天皇を生む。

この(C)でも、醜いためにウタゴリ姫とマトノ姫は帰されている。この例では、(B)の石長姫のように天皇の側に反作用があるわけではないが、それが神話との差だろう。ただし、われわれには不明だがなんらかの伝承があったかもしれない。ウタゴリ姫については記載されていないが、マトノ姫にしろタカノ姫にしろ、悲惨な死に方をしている。マトノ姫が首をつった場所を懸木《さがりき》（相楽《さがら》、現在の京都府相楽）、入水した所を堕国《おちくに》（弟国《おとくに》、現在の京都府乙訓）といったというように地名起源譚になっている。『風土記』に、しばしば滅ぼされた人びとに由来する地名起源譚があるのと同様で、悲惨な死に方をした死者への魂鎮めの意味をもつ。悲惨な死は辛い想いとして心残るものだが、その名が語り伝えられることによって、死者は〈共同性〉（人びとの共通の想い・観念）を獲得し救われるのである。つまり祟らないようにされる。

醜さといえば、(A)で最初に生まれたヒルコもそうで、ヒルコは葦船に乗せられ流された。マトノ姫の場合も、二か所の地名起源譚になっていることはさすらいを意味するから、醜さゆえに共同体から追放され、さすらうという物語りがあったのかもしれない。芸能者の起源である。天皇は本来その不気味な呪力も身につけねばならない。しかしそれは負の側の呪力で、共同体の表面からは遠ざけられる。それが(C)の示している位相だろう。醜さ、負の部分はやがて芸能者が担い、さすらうことになる。天皇の対極に芸能者（特殊職業民）が位置づけられたのである。

継母との結婚

開化天皇は継母のイカガ醜女と結婚した。これは、母との結婚ということができる。イモ・セと同様である。イモに、結婚できるイモ（異母妹）と結婚できないイモ（同母妹）がいたように、母にも結婚できる母（継母）とできない母（生母）がいた。

神武天皇の死後、皇子のタギシミミは継母イスケヨリ姫と婚する。この場合は、イスケヨリ姫の実子神沼河耳《かみぬなかわみみ》が二代の綏靖《すいぜい》天皇になり、タギシミミは正統の系譜にとっては反逆者となる。『古事記』ではタギシミミがイスケヨリ姫を「娶《めと》せし」としているからいわば正式の結婚である。前天皇の后と結婚することは、開化の例によって、皇位を継承することになるはずである。

山口昌男『アフリカの神話的世界』（'71　岩波新書）によれば、古代エジプトで即位式の際「王は前王の妻の一人（実母であることはない。実母は選任とともに他の地方に遠ざけられるから）と聖婚を執行する。（中略）この時、王は、理論的には父と子の世代的分類を破壊し、近親婚を犯すことによって、文化の堰を破壊して『自然』のものなる『力』を共同体に導入するのである」と前王の妃との結婚の意味を述べている。この「理論的には……近親婚を犯すことによって」という論理がたいせつである。前王の妻は世代的には母だが、実母ではないから実際には近親婚の禁忌にはふれない。しかし「文化」としては、前王の妻は王子にとって母である。「自然」なるものの「力」とは、実母ではないということもそうだが、いわゆる家族とは「文化」だから、母と婚するのは「文化」の破壊となり、そのとき母は「自然」である女となっているということ、さらに父母の世代と王子の世代が異なるというのも「文化」であり、人間は成長していくという「自然」を「文化」が統御していることになる。そこで成長していくという「自然」は社会のなかで矛盾としておし込められていることになり、その

「自然」が回復されるということである。

この論理は凡百の社会学者を超えてはいるが、実母でない母と婚するということ自体が「文化」であるということを見落としているといわざるをえない。もともと結婚できる母とできない母がいた。それが「文化」の側の「自然」との軋轢の克服になっていた。継母との結婚は、実母との結婚の禁忌を反対側におくことで、「自然」と「文化」の呪力を抱えて理想的な結婚となるのである。だから王は前王の妻、つまり(継)母と婚することで宇宙の中心たる王位に即《つ》きうることになる。

3 三輪山神婚神話

神婚としてもっとも一般的なのは三輪山神婚神話といわれるものである。この神話には三つの型がある。一、苧環《おだまき》型(民間に伝えられる昔話では針糸型)、二、丹塗矢型、三、箸墓型である。

苧環型

(D)活玉依姫《イクタマヨリ》のもとに、毎夜美しい男が通って来る。活玉依姫は妊娠する。両親が娘の異常に気づき、どうしたのか問う。娘は正体不明の男が毎夜通って来ることを答える。両親は、赤土《はに》を床の前に散らし、ヘソ(糸巻のこと)の紡麻《うみお》を針に刺し、男の衣の裾につけるように教える。娘がその通りにして、翌朝、糸を辿ると、戸の鉤穴を通り三輪山の神社に続いていた。それゆえ、その男の正体が三輪山の神とわかった。糸はヘソに三勾《みわ》（三巻）残っていたので、そこを三輪という。

〈『古事記』崇神天皇条〉

毎夕来訪して毎朝去る結婚の起源を語っている。この神婚の特徴は、夜だけいっしょのこと、男の正体が不明のことである。それゆえ古代の妻訪い婚の反映とよくいわれるが、そのような発想はなんでも実態があって表現はその反映としてあらわれてくるとかんがえる俗論である。なぜならその実態自体が、まずは人間の観念の生み出したものであること、そしてある事実が表現されるとき、それも観念の把握の仕方によってあらわされるものでしかないからである。だから逆に、このような神話があるから、妻訪い婚があるとかんがえるべきなのである。詳しくはⅣ「逢い引きの時間」でふれるが、神と接触しうるのは神の時間帯である夜であるという観念が、このような神話を生み出している。

苧環型は、針で男の衣に糸を縫いつけ、その糸を辿って、男の正体を知ることに特徴がある。この針と糸は女の管理する呪具である。呪具といういい方をしたのは、それによって衣を作り出す不可思議な力をもったものという神話的な思考ゆえである。その呪力が神の正体をあきらかにする。神女がしばしば機織りとかかわっているのも、その呪性のある機織りが女の分担だからという世界観によっている。もちろんこの分担自体、神話的なものだ。

昔話では、ほとんどこの三輪の神の位置に邪悪な蛇が入り、針でつけた糸を辿ってその正体を知るが、そのとき蛇は針によって瀕死であり、女は災いから逃れられ、また蛇の子は蓬《よもぎ》や海水の呪力で堕ろされるという話になっている。三月三日、雛祭りの起源譚になっているものも多い。女の健康願いである。

箸墓型

(E)ヤマトトトト姫は大物主神の妻となったが、夜だけやって来て朝帰る。姫は夜では顔がみえないので、朝姿を見せてくれるように頼む。神は翌朝櫛笥《くしげ》（化粧箱）に入っていよう、でも姿をみて驚くなと答える。翌朝、姫が櫛笥をあけてみると美しい小さい蛇が入っている。その長さ太さは衣の下紐ぐらいだった。姫は驚いて叫びをあげてしまうと、神は恥じて人の姿になるが、怒って空を翔んで帰ってしまう。姫は後悔して、がっくり腰を落としたところ、箸で陰部《ホト》を突いて死んでしまう。姫は大市に葬られたが、人びとはその墓を箸墓と呼んだ。〈『日本書紀』崇神天皇条〉

毎夜通って来るというのは(D)と同じ。この神話では訪れる男の姿がわからない。そこで女は顔を見たいという。ごく当然の心理で、話として成立するときの表現のあり方をみせていて興味深い。蛇である姿をみられた神が恥じるというのも、心理の次元になっている。櫛笥に入っていたというのは、浦島太郎の玉手箱を思い出す。玉手箱も竜宮のお姫さまがくれたものだから櫛笥だろう。その玉手箱をあけると白い煙が出て、浦島は年老いた姿に戻ってしまうというのは、本来の姿をあらわすということで、この(E)と同じである。

姫が箸で陰部を突くというのは、箸が一寸法師の箸の櫂《かい》のように呪力あるもので、いわば神婚の幻想とかかわる。次にあげる丹塗矢型でも丹塗矢が陰部を突く。神女が機織りの梭《ひ》で陰部を突いて死んだという話も、スサノオの神話にある。ただし細長いものが男の性器の象徴だというような発想を安易にしてはならない。箸は食物という異物と人間を接触させる呪的なものだし、矢も獲物を倒す力をもつ不可思議なもの、梭は機織りの呪具というように、それぞれ呪的な働きをもっている。それらと、子を生ませる不可思議な力をもつ男根が同等にみなされるのである。

(D)の話もそうだが、この話も神の正体が知られると別れねばならないことも語っている。『夕鶴』（鶴女房）で鶴の正体が知られてしまえば去っていくのと同じである。人間は人間と結婚し、鶴は鶴と結婚する。異類との婚姻はかならず破綻する。なぜなら人間は人間としか結婚できないからだ。神の世にはできた。しかしそれは人間のつくり出した幻想にすぎず、人間はつねに人の世にしか暮らせない。ところが人の始祖も神だった。すると人と神が結婚してもいいではないか。しかし人と神との結婚は現実にはないゆえ、神と人との結婚が不可能になった神話が必要となる。(D)も(E)もそういう神話としても読める。

下紐

蛇の長さ太さが下紐ぐらいだったというところにも注目しておこう。下紐は下着の紐と思われるが、衣の裏につけた紐という説もある（小川安朗『万葉集の服飾文化　下』'86　六興出版）。『万葉集』に「人に見ゆる表《うへ》は結びて人の見ぬ裏紐《したひも》あけて恋ふる日そ多き」（12―二八五一）とある。『万葉集』には下紐をうたった歌が多くみられ、それは共寝のときにたがいに解き合うものであり、別れるときにたがいに結び合うものであった。たとえば、

白栲の君が下紐われさへに
今日結びてな逢はむ日のため
〈万・12—三一八二〉

白栲のあなたの下紐をあなたといっしょにわたしさえも
今日結びたいよ　また逢う日のために

のように、また逢うために結び合う。旅ではその下紐を解かないという。

吾妹子《わぎもこ》し吾《あ》を偲《しの》ふらし
草枕旅の丸寝に下紐解けぬ
〈万・12—三一四五〉

あの子はわたしを想っているらしい
（草枕）旅の丸寝に下紐が解けてしまった

旅先で解けたら、家郷の恋人が自分を想っているからという。丸寝は装束を解かずに寝ること。下紐を結ぶことによって、魂を結びつけるのだという。次に下紐を解き合うまで、男の旅における無事が守られることにもなる。したがってそういう下紐にこの蛇がたとえられているのはたんなる比喩ではないだろう。この蛇を受け容れることによって、姫と神との関係は充実したものになったはずだ。姫はその蛇を拒否したのである。

　櫛笥というのは玉手箱だといったが、櫛も呪力あるものである。髪は成長力や色が変わるためか、呪力あるものとされているが、その髪を美しくするものだから当然である。櫛にはその持ち主の魂が

つくとされた。だから櫛笥は魂の容れ物だった。その櫛笥に入るのは魂の交感ではないか。他に例がないからわからないが、ひょっとしたら櫛笥に想う男の下紐を容れるという習俗があったのかもしれない。

この三輪山神話とかかわって、神話と歌の違いを示すいい例がある。

(F)朝《あした》去《ゆ》きて夕《ゆふべ》は来ます君ゆゑに

　ゆゆしくも吾《あ》は嘆きつるかも

　　〈万・12―二八九三〉

――朝に去って夕にいらっしゃるあなたゆえに不吉なほどわたしは嘆いてしまうことよ

「朝去きて夕は来ます」は通い婚を示す。夕に来て朝に去くといわないのは、女が男の去った昼の時間帯にうたっているからである。もちろん昼に男のことを想うのは禁忌だ。それゆえ「ゆゆしくも」といっている。逆に昼想うのが禁忌であることを示す例にもなる。このようにうたえば、禁忌の侵犯の災いから救われる。それが歌の呪力である。

夕に来て朝に帰ることを語るのが(D)(E)の神話である。しかし(E)はいささか異なる。女が男の正体を知りたがるのである。これは先に述べたように、当然の心理だ。しかし(D)ではそういう場面はない。神話とはそういうレベルの表現である。(E)の女の姿が見たいという気持は、個体の心理からの表現である。(E)が箸墓の起源譚になっていて、(D)のように始祖の話というわけでもなく、神話として共同体にもつ役割が明瞭でないのも、神話というより説話的になっているからである。

(F)の歌も、共同体の側からではなく、個体の側から通い婚を表現している。個体にとっては、朝の別れは辛いし、昼も相手を想ってしまう。そういうことのあるのはむしろ真実だ。つまり共同体の真実と個体の真実は異なる場合があるのである。しかし、この二つの真実は共同体を崩壊させかねないから、個体の真実を掬《すく》って、共同体の真実との矛盾を解消する装置を共同体はもたねばならない。歌はその個体の側からの真実をうたって、共同体に掬い取る役割を担った。

丹塗矢型

(G)三輪の大物主神は、セヤタタラ姫の美しさに魅せられて、姫が厠《かわや》で大便をしているとき、丹塗矢となって川を流れ下り、陰部を突く。姫は驚いて、その矢を床の辺に持って行き置くと、矢は美しい男になった。〈『古事記』神武天皇条〉

これと似通った話は『山城国風土記』の逸文の賀茂社の縁起譚としてもある。この話の場合、(D)(E)と異なるのは神婚が一夜らしいことである。夕に来て朝に帰るわけではない。一夜の結婚といえば、(B)のニニギ命と木ノ花咲ヤ姫もそうだった。このように神婚譚には二通りあるらしい。

一夜の結婚というのも、特別なもので、神婚たるに適わしくはある。共同体の神女が祭りで神を迎え神婚するのは、むしろ一夜の場合のほうが多いだろう。

大物主神が川を流れ下り、用をたしている姫の陰部を下から突くというのは、厠は川屋で、川から溝を掘って水をひき、その溝の上に建てた小屋が便所だったから生じる話といわれている。(F)は原文に「その為大便《くそま》る溝より流れ下り、その美人《をとめ》の富登《ほと》を突きき」とある。その意味では、川屋は異郷と接する場だった。川が異郷との通路なのは、桃太郎や瓜子姫の話があるからわかりやすい。異郷から異人が川を流れ下って来るのである。

4　山幸彦と豊玉姫との結婚

もう一例、異郷の女との結婚をあげておこう。これまで引いてきた話は、(A)は同郷の男女、(B)は異郷の女ともいえるが、ニニギ命自身が高天原から天降って来たわけで、むしろ男が異郷の存在である。(C)も異郷といえばいえるが、この地上の統括者たる天皇が地上の女を召すのだから、異郷の女との結婚とはいい難くもある。(D)(E)(G)はともに異郷から神が来臨し、土地の女と結婚する話である。そうではなく、異郷の女を連れ帰る話である。

(H)海幸彦との交換で漁をしていた山幸彦は釣針を失くす。ワタツミ（海神）の宮に行き、その釣針をえるが、海神の娘豊玉《トヨタマ》姫と婚する。三年間そこで暮らすが、帰りたくなる。海神は海幸彦を懲らしめる二つの玉をわたし、山幸彦は帰郷し、その玉で海幸彦を従わせる。豊玉姫は妊娠している。海辺に産小屋をつくり、見てはいけないといって籠る。山幸彦は覗き見してその正体であるワニ（鰐とも鱶《ふか》ともいう）の姿を知ってしまい、姫は子を残して海神の国に帰ってしまう。その後、豊玉姫の妹の玉依姫《タマヨリ》が姉の歌をもって来る。生まれた子はやがて姨《おば》の玉依姫と婚し、後の神武天皇を生む。

〈『古事記』神代〉

異郷の女との結婚

山幸彦もその子（ウガヤフキアヘズ）も、いずれも海神の娘と結婚したことになる。山幸彦の場合は、異郷でその世界の娘と婚したのだから、そちら側の世界にとっては男が訪れたことになるが、山幸彦は豊玉姫を連れ帰ったわけで、その時点で豊玉姫は異郷の女となる。しかし鶴女房のように、異郷のものは異類の姿をみられ、異郷に帰らねばならなくなる。これはこの世と異郷との分離を語ってもいる。

しかし子は残る。その子は異郷の女と婚し、初代天皇を生む。これは王権の問題である。王はこの世だけでなく、異郷とも関係をもっている。異郷の呪力を身につけ、この世を活性化する。ウガヤフキアヘズからみれば、母は異郷の女、妻も異郷の女である。その子の初代天皇である神武は、そのように異郷の血を濃くもたされた。初代天皇以降はこの世の存在となるから、異郷の女との結婚は語られない。その始祖に異郷の呪力が濃くなされることで、天皇家が世界を統括する呪力を確実なものにしたのだろう。

異郷の女との結婚で、民間に伝承されているのは天の羽衣説話だろう。天女が天降って水浴びしていると、ある男が天の羽衣を盗んでしまう。それゆえ天に昇れなくなった天女はその男の妻となり、子をもうけるが、やがて羽衣のありかを知り、それを着て天に帰ってしまう、というのが基本型である。沖縄には、そういう天女の子孫と名告る一族がいるという。

始祖は異郷から来るというのは、村立て神話のもっとも原型的な型とかんがえてもよい。始祖が住むべき土地を求めて、さすらいの果てに見出したすばらしい土地に村立てするという神話からかんがえられる。そして村落の祭りとしては、共同体の神女が来訪する男神を迎え、神婚するという型をとるものが多い。(D)(E)(G)の三輪山神婚説話がその型である。この構造は、人類学でいわれる王が男、その周辺は女というような世界観（たとえば、川田順造『サバンナの手帖』に記されたモシ族の社会など）と一致する。

そういう神話や祭りのなかにあって、異郷から来る女という話は逆になっている。王権という問題をおいてもである。もちろんこれは、男と女を入れ換えればいいわけだが、本質的には実際子を生み、授乳する（育てる）のは女であるため、男が異郷から訪れ、子を授けて帰るという幻想のほうがはるかにわかりやすく、普遍的である。別に男が優位な社会だからそうなのではけっしてない。それでも理論的には入れ換え可能だし、そういう神話も多くみられる。そのとき、(H)のように異郷の女はやがて帰らざるをえないなら、残された子は母なし子となる。これを継子いじめの起源とみる論もある（藤井貞和『深層の古代』'78　国文社）。残された子は、この世では異質の子だった。しかし父なし子だって同じである。奄美のユタの起源を語る神謡マレガタレ（生まれ語り）では、太陽の子がこの世でいじめられる。それでも、子を養育するのは女が中心らしく、継子いじめ譚が平安以降ずっと物語りの主要なモチーフとなった。〈家〉の内部は女が管理し、男は外部との関係を扱うという分業の世界観ゆえだろう。

姨との結婚

ウガヤフキアヘズは姨の玉依姫と結婚した。母の妹である。これも、われわれからみればそうとう濃い近親婚だが、このオバ・オイ婚にも原則があったらしい。倭建《やまとたける》は姨の倭姫に霊的に守られるが、彼女は父の姉妹である。つまり兄妹婚と同じような区別があった。異母妹は理想的な結婚相手、同母妹は結婚は禁忌で霊的な守護者という関係と同じに、母の姉妹は理想的な結婚相手、父の姉妹は結婚は禁忌で、霊的な守護者ということである。

ただしこのオバ・オイ婚の場合、兄妹婚と違って、父方が禁忌、母方が理想となっている。母方が理想となるのは、おそらくオバは母の世代に属すから、実母とは禁忌、継母とは理想という母子婚と同じ観念によるのだろう。母の代替である。

5　結婚の神話と生活

四つの神婚の神話をみてきたが、それは恋愛・結婚生活の起源を語るもののはずである。神話とは、現在の秩序を始源に帰って説明するものだからだ。その点を確認しておこう。

初夜と男の発言権

イザナキ・イザナミの神婚Ⓐが語るのは、男が逢い引き・結婚を誘う権利をもっていることを示しているとみてよいだろう。女が先にすてきな男よと言いかけたら異常児が生まれたというのは、女が先に発話することの禁忌を語っている。これは男優位の社会というようなことではなく、おそらく男が〈家〉において外部に対しての関係を担い、女が〈家〉の内部の諸事を分担するという世界観によっている。初めて出逢うとき、それは外と外の関係だから、男の側から働きかけるのである。外から働きかけられて、女は初めて応えることができる。

ここにおもしろい民俗がある。民俗学者の赤松啓介氏の報告による、岡山県加西郡九会村の山奥の村での、新婚初夜の話である。新婚の夜、新郎と新婦が初めて床に入るとき、新郎と新婦は、

あなたの家に柿の木がありまっか
ヘエ　おます
わしが登ってちぎってもよろしますか
ヘエ　どうぞちぎって下さい
そんならちぎらしてもらいます

という問答を交わして、「新婦の腹の上に乗る」という（「村落共同体と性的規範」『非常民の民俗文

化』'86 前掲)。イザナキとイザナミの会話と通じているではないか。異なる存在同志がいっしょになるのには、それなりの儀式が必要だったのである。(A)の神話はその結婚初夜の儀式の起源になっているとかんがえられる。

こういう事例をみると『万葉集』の、

橘の下に吾を立て下枝取り 成らむや君と問ひし子らはも〈万・11―二四八九〉

橘の下にわたしを立てて下枝を折って なるでしょうかあなたと問うたあの子よ

も儀礼的な誘い歌とみるべきだろう。「実が成るでしょうか」と誘い、「成りますよ」と答え、共寝するのである。

通い婚の起源と所顕

(D)(E)の三輪山神婚説話が語るのは、通い婚・妻訪い婚の起源である。正体を明かさずに、夕に来て朝帰る、というより夜だけいっしょにいるというのは、恋愛(結婚)が非日常的な次元のものであり、正体が明らかである必要のないことを示す。これが通い婚の本質である。経済的な問題などで通い婚を説明する実態論があるが、あくまでも神話的な〈読み〉をすべきだ。

結婚、というより共寝、性的な結合は、男と女がその性差を超えるという意味で非日常の側に属するから、神の時間帯である夜に行なわれるのは当然である。昼は日常の時間だから、性的結合は禁忌になる。それが禁忌でなくなるのは、祭りのとき、そして特殊な人びとである。天皇が昼に共寝したのは、『日本霊異記』上巻1話、『古事記』安康天皇条など例がある。益田勝実氏によれば、天皇は夜は三種神器を抱いて寝るという（「日知りの裔の物語」『火山列島の思想』'68　筑摩書房）。

しかしそういうと、恋愛期間から所顕《ところあらわし》になって公認されるという習俗と矛盾するようにみえる。それに恋愛自体たがいの名告りから始まるらしく、それと矛盾するようにみえる。

所顕は、平安期では三日餅《みかのもちい》といった。三日目の夜、女の家でつくった餅を食べることで、女方の両親に公認されることを意味した。その家の竈《かまど》の火で作ったものを食するのは、その家に受け容れられることを示すのである。もちろん公認されても、通い続けるのに変わりない。そこで三輪山神話を重ねてみよう。所顕は男の正体を明らかにすることに当たる。男の正体がわかれば、安心していっしょに暮らせる。つまりいわゆる結婚は人間同志、氏素姓がわかって初めて成り立つわけで、人間の側に神婚を取りこむことだったといえよう。恋愛は異なる。なぜなら、恋愛は個体の結びつき自体の次元だからだ。たとえ身分・出身が異なろうと、愛し合っていればよいというのは恋愛の論理で、結婚の論理ではない。結婚は社会的な結びつきだからである。だから恋愛は非日常的な、神の側の行為とみなされる。したがってこの所顕後の通い婚でいえば、結婚として捉えれば社会的な次元に公然化し、恋愛としては秘められた関係が続くという両面を示すことになる。

(D)の苧環型の場合、妊娠して初めて両親が気づき、男の正体を知ろうということになる。妊娠・出産は社会的なもの、すくなくとも〈家〉の問題である。したがって所顕が必要になる。それ以前は神の次元の恋愛で、たがいの氏素姓など問題にならない。むしろ氏素姓を超えて成り立つ。その意味で、(D)は所顕の起源神話的な位置にもなる。相手が神だったから、結婚の対象に適わしくなく、いわば破談になったのである。つまり結婚とは、ふたりの関係をこの世に取りこむことだから、神とは別れねばならないのである。(E)の箸墓型では、女が容姿を見たいと願う。これが所顕に当たる。姿を見るには、明けなければならないから、帰るべき時間を過ぎて居続けることになる。

そして(D)も(E)も正体がわかれば、人間と暮らすことはできないから、別れになる。恋愛は終わったのである。恋愛はいつかそうなる。別れになるか結婚になるか、どちらにしろ、恋愛は終わりである。したがって(D)(E)は、恋愛の終わり、所顕の起源としても読めることになる。

一夜夫《ひとよづま》

(G)の丹塗矢型が語るのは、一夜の逢い引きである。一宿妻の話は『古事記』にもいくつかみられる。『古事記』の一宿妻の場合、一夜の共寝で皇子が生まれるように、男と女の結びつきがきわめて強力な神婚であることを示している。

しかしそれ以上に、われわれがこの神話から読みとれるのは、神婚は一夜だけだということである。通い婚にしろ、男が夕に訪れ朝帰るものなら、それは一夜一夜の積み重ねとみられるではないか。朝の別れは逢い引き・恋愛の終わりである。一年が大晦日で終わり、次の年とは切れているように、一日だって切れているのである。神の側からみれば、朝が来れば終わり、人の側からみれば、夕が来ればその日は終わりで、次の日とは切れている。そうかんがえないと通い婚自体も説明できない。幻想としてはずっといっしょにいるのがいいに決まっているではないか。神の時間と人の時間とは明確な区分があった。恋愛が神の側のもので、夜以外は禁忌だとすれば、原則的には恋愛は一夜限りのものでなければならない。ただ実際には同じ相手と続くから、通い婚のようになった。

(D)(E)と(G)とが同じ神婚の幻想からの話とみなしうるのも、通い婚と一夜婚とが同じもので、みる位置によって異なるにすぎないからであった。

『万葉集』に「一夜づま」の例がある。

わが門に千鳥数《しば》鳴《な》く起きよ起きよ
わが一夜づま人に知らゆな
〈万・16―三八七三〉

わが家の門に千鳥がしきりに鳴く　起きよ起きよ
わたしの一夜の夫よ　人に知られるな

原文は「一夜妻」とあるが、内容から夫だろう。まだ一度しか逢っていない夫とする解釈もあるが、一夜ごとの夫としたほうがよい。

Ⅱ　出逢い

ふたりの出逢いはさまざまにありえただろう。しかし文献に残された例をみるかぎり、やはり一定のルールがあったようだ。まずそのルールをみることから始めよう。

1　野遊びの神婚

『万葉集』巻一の巻頭は、雄略天皇が作ったとする謡を載せる。

(A) 籠《こ》もよ　み籠持ち
掘串《ふくし》もよ　み掘串持ち
この岳《をか》に　菜摘《なつ》ます児《こ》
家聞かな　名告《の》らさね
そらみつ　大和の国は
おしなべて　われこそ居《を》れ

籠よ　すばらしい籠を持ち
篦《へら》よ　すばらしい篦を持ち
この岳に　菜を摘んでいらっしゃる子
家を聞きたいな　名を名告りなさい
（そらみつ）　大和国は
すべて従えて　わたしがいる

しきなべて　われこそ座《ま》せ――すべてまとめ　わたしがいらっしゃるのだ
われこそは　告らめ　　　　　　　わたしこそは　名告ろう
家をも名をも　　　　　　　　　　家をも名をも

読みも定まっていない謡だが、いちおう右のように読んでおく。また後半部が国家的な匂いをもち、前半の籠や箆を持っての春菜摘みの土俗的な匂いと矛盾するようにみえるが、記載の通りに受け取るのが基本である。春菜摘みは、現在の花見の起源といってよく、早春に共同体成員全員が山野に行き、そこの春菜を摘んで共食し、神婚する儀礼という（詳しくは土橋寛『古代歌謡と儀礼の研究』'65 岩波書店、参照）。春の生命力を身につけ、共同体に豊かさをもたらそうとする祭りである。神婚といったのは、祭りのとき、人びとは異世界に入り込んでいるわけで、異世界にいるのは神だから祭りの場では人びとは神になっており、性行為をすることが神婚になるからである。

(A)はその春菜摘みの祭りで、女を誘っている謡を原型とする。ただし家や名を聞くのは、祭りでは日常的なものは捨て去られているから、必要ないはずである。家や名はその者を成り立たせる根拠だから日常的なものというより、神話的なものといったほうがいいが、祭りにおける関係は日常世界とは異なるとかんがえれば、神婚はその祭りの時だけのもので、いわゆる結婚に結びつかないとかんがえたほうがいいかもしれない。しかしそうかんがえるよりも、出逢いとは偶然のもの、不可思議なものだから、祭りにおける出逢いこそが結婚の始まりということもできる。この謡はそうかんがえるべきだろう。

童子女《をとめ》の松原

春菜摘みの祭りは歌垣と呼ばれている場合が多い。男女の組に分かれて、歌をかけ合うという。それが神婚の始まりである。あるいは神婚そのものかもしれない。歌は始源的には神の呪言から始まり、神のことばや行動のいわゆる一人称の叙事（詳しくは古橋『万葉集を読みなおす』参照）だから、歌で神婚をうたっていれば、それが神婚そのものであるわけで、かならずしも具体的な性行為をともなう必要もない。ただそういう神婚の歌の後で、それをもどき的に実修することもある。そちらをみれば歌垣は性行為をともなう。

歌垣と嬥歌《かがひ》は本来異なるという説もある（吉田金彦『古代日本語をあるく』'83　弘文堂）が、結局同じだから同一とみなして嬥歌の例をひこう。

(B)海上《うなかみ》の安是《あぜ》の嬢子《いらつめ》と那賀の寒田《さむた》の郎子《いらつこ》という若い男女がたがいのひじょうに美しいという噂を聞いて逢いたがっていた。嬥歌で偶然逢った。郎子は、嬢子に

いやぜるの　安是の小松に
木綿《ゆふ》垂《し》でて　我《わ》をふり見ゆも
安是子し舞《ま》はも

（いやぜるの）　安是の小松に
木綿を垂らして　わたしを仰ぎ見ているよ
安是子が舞うよ

とうたいかけ、嬢子は

潮《うしほ》には　立たむといへど　――　潮の中に立とうというが
汝夫《なせ》の子が　八十島隠《やそしまかく》り　あなたが八十島に隠れていても
我《わ》を見《み》さば知り　わたしを見るので（あなたが）わかりましたよ

と応じた。ふたりは「遊びの場《には》」から去り、松の下で語らい共寝した。夜明けになり、別れ難く、また人に見られることを恥じて、二人は松の木になった。

〈『常陸国風土記』香島郡、童子女《をとめ》の松原〉

この用例ではカガヒそのものの内容ははっきりしないが、同じ『常陸国風土記』筑波郡の筑波山の「坂より東の諸国（足柄の坂より東、つまり現在の関東地方）の男女、春は花の開《さ》ける時、秋の葉《このは》の黄《もみ》づる節、相携《たづさ》ひ駢闐《つらな》り、飲物《をしもの》を齎賚《たたら》し、騎《うま》に歩《かち》に登臨《のぼ》り、遊楽《あそ》び栖遅《いこ》へり」という記事から、春と秋、飲食の物を持って人びとが集まり、遊んだことが知られる。(B)の「遊びの場」とはその人びとが遊楽している場のこと、つまり祭りの場である。ふたりはその祭りの場から抜け出して、ふたりだけの逢う瀬にふけった。

(B)は、それぞれ男が「なみ松」、女が「こつ松」という名の松になったという話だが、この松原自体を「童子女の松原」と呼んでいるように、この松原自体の起源譚でもある。おそらくこの松原で祭りがあった。なみ松・こつ松は男女二神である。かつて男女二神が降臨し、神婚したのがこの松原であったとかんがえればよい。それゆえ、人びとはここに集まり、祭りを行なう。そういう神話がこのような伝説的なものとして書きとめられた。

このふたりは、たがいに噂は聞いていたが、逢ったのはこのカガヒが初めてだった。つまり噂を聞いても逢えなかった。出逢うのは祭りという特殊な場でなければならなかったのである。それは出逢いとは偶然のもの、不可思議なものだからだ。初めて逢って心魅かれるのは、なんとも説明し難いものだが、それを相手が自分に取り憑いたと感じるのが古代の世界観だった。むこう側の取り憑くほどの強い呪力として受感したのである。そういう出逢いはどこでも起こりうるものだが、恋愛のルールとして、出逢い自体を特殊な空間に限ることをした。そういう空間が祭りであった。

歌のかけ合い

『古事記』によれば、神武天皇の皇后イスケヨリ姫との出逢いも野遊びの場であった。

(C)高佐士野《たかさじの》に七人の乙女が遊んでいるところに、神武と大久米命《おおくめのみこと》が行って、大久米命はイスケヨリ姫がそのなかにいるのを見て、天皇にうたいかける。

倭《やまと》の　高佐士野を　――　大和の　高佐士野を
七行《ななゆ》く　媛女《をとめ》ども　――　七人で行く　乙女たち
誰をし枕《ま》かむ　――　〔そのうちの〕誰を抱いて寝ましょうか

神武は、イスケヨリ姫が先頭にいるのを見て、

かつがつも　いや先立てる　――　まあまあ　いちばん先に立っている

兄《え》をし枕かむ　――年長の子を抱いて寝ましょう

と答えると、大久米命は神武の意志をイスケヨリ姫に伝えるが、イスケヨリ姫は、大久米命の目の入れ墨をみて、

胡鷰子《あめ》鶺鴒《つつ》　千鳥《ちどり》ま鵐《しとど》　――あめ鳥　つつ鳥　千鳥　ましとど〔のように〕
何《な》ど開《さ》ける利目《とめ》　――どうしてはっきり見開いている鋭い目なのですか

とうたいかける。大久米命は、

媛女に　直《ただ》にあはむと　――乙女に直接あおうとして
我が開ける利目　――わたしのはっきり見開いている鋭い目なのです

と答える。イスケヨリ姫は神武の申し出を承諾する。神武はイスケヨリ姫の家に行き、一夜共寝する。イスケヨリ姫が参内したとき、神武は、

葦原《あしはら》の　しけしき小屋《をや》に　――葦原の　粗末な小屋に
菅畳《すがだたみ》　いや清《さや》敷きて　――菅の畳を　さわやかに敷いて
我が二人寝し　――わたしたちふたりは寝たことだったよ

とうたう。

最初の二首は大久米命と神武との問答、次の二首はイスケヨリ姫と大久米命との問答であるから、歌垣における男女二組の歌のかけ合いとはなっていないが、歌の内容からそう判断してもよい。女組

が誰がいいですかと問い、男組が先頭の子がいいと答える。大久米命とイスケヨリ姫との問答もなぞかけで、女組がなぞかけをし、男組がそれをうまく解くと、女組は負けになるといったものだろう。女組は負けたから、男組に従わねばならない。女組のひとりがなぞをかけ、男組のひとりが解き、するとその女はその解いた男に従わねばならないとかんがえたほうがいいかもしれない。(C)の流れからいうと、男に指定された女が、その男になぞかけをし、男は答えればその女を従わせることができるとみられる。

(B)では男女ふたりが歌をうたい合っていたが、この(C)は二組のかけ合いである。そして複数のなかからこうして特定の女が選ばれ、神婚をすることになった。この場合も、神武はイスケヨリ姫に初めてこの野遊びで出逢っている。神武は大久米命にイスケヨリ姫のことを聞かされ、后にするように勧められていたから、(B)の、噂を聞いていたのと同じになる。ただ天皇を中心に話が構成されているから、おたがいに噂を聞いているのではなく、神武が一方的に聞き、イスケヨリ姫を后にしようとしている。

神武の「葦原の」の歌については、V「逢い引きの場所」で詳しくふれる。神婚が野や浜でするものならば、当然逢い引きも野や浜ですることになる。ただしこの場合注意してよいのは、最初の共寝が「葦原の　しけしき小屋に　菅畳　いや清敷きて」したとうたっていることである。イスケヨリ姫の家に行って神婚したと地の文ではなっているが、この歌では葦原のみすぼらしい小屋に菅畳を敷いて、いわゆる初夜を過ごした。イスケヨリ姫は皇后になるほどだからそれなりの家柄の女、豪族の娘（『古事記』では、三島溝咋《みぞくい》の女に大物主神が婚して生まれた子という）であり、そんな粗末な小屋に住んでいるはずはない。したがってこの小屋は新婚のためのものとみるべきだろう。野遊びにおける出逢いから新婚は連続したものだった。(B)では「遊びの場」から松原で共寝している。こちらは小屋は作っていない。どちらの場合もあったらしい。

野の出逢い

野遊びではないが、野で出逢って結婚する話が『日本霊異記』上巻2話にある。

(D)美濃国大野郡の人が、妻とするのに適当な女を求めて出かける。「曠野《あらの》」で美しい女に出逢い、意志が通じて家へ連れ帰り、夫婦となる。女は子を産む。その家では犬を飼っており、その犬がいつも女に吠えかかっていたが、二月三月の頃、人を雇って租税のための米を舂いていて、昼食をもって碓小屋に入ったところ、犬が噛みつきそうにするのに驚いて、女は狐の正体をあらわしてしまう。女はその家を去る。その生まれた子は岐都禰《きつね》と名づけ、姓《かばね》は狐直《きつねのあたひ》とされた。その子は力が強く、走るのが速かった。

狐直という氏族の始祖譚である。この狐直の子孫の力持ちの女の話が中巻4話に載せられている。美濃の狐と呼ばれ、小川の市に住み、商人から物品を強奪していたという。始祖が狐だというのは、異郷の者だということで、イスケヨリ姫が蛇体の神大物主の子であるのと通じている。イスケヨリ姫は蛇神の子ということで、特殊な女＝神女であることを示している。したがってこの狐直も特殊な氏族ということになる。美濃の狐が強い力によって掠奪していたのも、その特異な始祖の血を示す。

その始祖の異類婚（人間と動物との結婚で、本来神婚譚のひとつの型であった。昔話に蛇婿入・犬婿入などとして語り継がれている）が「曠野」での出逢いに始まる。出逢ったのは偶然だが、男は妻を求めてアラ野を通ったわけで、野における出逢いとして、野遊びの神婚の幻想を基底にふまえている。つまり話としては偶然女に野で出逢うが、幻想の型として野で出逢うのは必然だったのである。(D)の話では、女の側も「良き縁を求めて行く女なり」と自分のことを述べている。女も夫を求めて野にいたことになる。たがいに対の相手を求めて野を通った。そしてそこで出逢った相手にたちまち心魅かれた。出逢いの不可思議さを体験したのが野だった。野とはそういう不可思議な出逢いをする特殊な空間だったのである。

その野をアラ野といっていることに注意しよう。荒れはてた野というニュアンスではない。アラとは新タシであり、活用させて生《ア》レのアラでもある。荒・新・生、みんな同意なのである。始源の状態をアラという。だから荒磯《アリソ》とは、常世から霊威の激しく依り憑く場所のことであり、荒野とは神が降臨する野のことだった。近代人はなんでも人間中心にかんがえ、人間の利用からかんがえるから、霊威が強く人が近づけない野、人の利用を拒む野である荒野を、使いみちのない荒れはてた野とする。しかし古代の人たちは神を中心にかんがえていたから、荒野は神の降臨する野、霊威の強い野、人が近づいてはいけない野と感じた（古橋「ことばの呪性―アラをめぐって、常世波寄する荒磯―」『文学』'86・5）。古代のことばを解釈するときは、くれぐれも注意する必要がある。

(C)(D)の例は、野の出逢いからいわゆる結婚に到る。特に(D)は男方同居婚である。これが当時の一般的な婚姻形態かどうかは、特にこの例が始祖の狐との結婚という特殊のものだから、なんともいいかねるが、とにかく野の出逢いから結婚というのが、当時の婚姻のひとつの形であったことはいえよう。

2　市での出逢い

海柘榴市

歌垣は市で行なわれることがあった。海柘榴市《つばきいち》の歌垣は有名である。『日本書紀』武烈天皇の即位前紀に、武烈が海柘榴市の歌垣で平群臣鮪《へぐりのおみしび》と影媛《かげひめ》を争ったことがみえる。武烈は影媛を妃にしようと媒人を遣わして申し込むと、影媛は海柘榴市で逢うことを約束する。初めて逢うのが市なのである。

海柘榴市は『万葉集』にも歌が残されている。

(E)海柘榴市《つばいち》の八十《やそ》の衢《ちまた》に立ち平《なら》し
　結びし紐を解かまく惜しも
〈万・12―二九五一〉

海柘榴市の八十の衢にいつも立って〔あの人を待つよ〕
〔あの人が〕結んだ紐を解くのが惜しいよ

初めて逢ったのかどうか不明だが、海柘榴市の歌垣で男に逢い、共寝をした。その男が忘れられなくて、海柘榴市の八十の衢に立つのが習慣になってしまったのである。やはり初めて逢ったのだろう。そのほうがこの歌の内容に適《ふさ》わしい。

歌垣は市の八十の衢で行なわれた。八十の衢とは、いくつもの道が出会う場所である。市とは本来そういう所にたった。いくつかの道が出会うとは、それぞれの道の先にいくつかの共同体があるということで、共同体同志が出会う特殊な場所ということである。本来共同体はそれ自体で完結している社会で、外部との接触を必要としなかった。ただ共同体は異世界に囲まれており、その異世界は神の世でもあるから、特殊な場合にその外界と接触する必要があった。ある共同体にとって別の共同体は異界だった。だから、ある共同体が異界と接触する場所として市があったことになる。別の共同体にとっても同じことになる。それはたがいに必要な物の物々交換のために設けられたのではなかった。市では、たがいの共同体を象徴する物を交換することで、それぞれが異界との交流を明確にした。そういう特殊な空間が市だったのである。だから市での出逢いは特殊なもので、異郷の男との出逢いであり、その男の呪力に取り憑かれて、忘れることもできないのである。

名告り

『万葉集』には海柘榴市での出逢いをうたった歌がもう一例ある。問答歌である。

(F)紫は灰指《さ》すものそ　　　――紫〔の染料〕は灰をさすものだよ

海柘榴市の八十の衢に逢へる児や誰――海柘榴市の八十の衢に逢った子は誰だろう

〈万・12―三一〇一〉

(G)たらちねの母が呼ぶ名を申さめど――（たらちねの）母の呼ぶ名を申したいけれど

路行く人を誰と知りてか――路行く人を誰と知って〔告げるの〕でしょうか

〈三一〇二〉

(F)は紫色は灰汁をさして美しい色になるものだ、女だって男とふれてそうなるのだから、あなたもわたしとつき合えよと、海柘榴市の八十の衢で逢った女を誘っている。市自体が特殊な出逢いの空間だから、歌垣でなくともよかった。もちろん歌垣の歌とみてもよい。とにかく初めて逢った女に心魅かれ、誘っている。誘うのは〈名〉を問うことだったらしい。(A)も「家聞かな　名告らさね」と〈家〉を問うている。よく平安時代の女房たちが清少納言とか紫式部とか姓や家族の官職名で呼ばれていることの説明として、女が〈名〉で呼ばれるのは所有されることだったから、家族と夫だけが〈名〉で呼んだとされるが、基本的にそれでよい。男だって目上の者は官職名や住んでいる場所の地名で呼ばれた。だからまず〈名〉を尋ねることから始まった。

ただし三輪山神婚説話では名の不詳の男が毎夕訪れ、朝帰っていく。この神話についてはすでにふれたので引用はしないが、いわゆる通い婚の形態では、夜だけの関係だから〈名〉を知らなくても成り立つことになる。といっても実際知らないとはかんがえられないから、むしろ神話の問題となる。

神との結婚は人に知られてはならないというような観念の問題である。通い婚自体、神話的な問題としてかんがえるべきであることはⅠ「結婚の起源神話」ですでに述べた。

祭りの場においてだけの関係なら、むしろたがいに〈名〉を知らないほうが自然だった。しかしそこからいわゆる結婚へと続いてゆくとすると、〈名〉を明かし合うのが祭りの場だったということになる。(A)はそうなる。しかし(A)は天皇という特殊な場合かも知れない。(E)などはむしろ〈名〉を知らないとみたほうがよいかもしれない。だから連絡をとることもできず、その人に逢った海柘榴市の八十の衢に出てしまう。この辺の問題ははっきりできない。ただ(F)(G)の問答からは、〈名〉を告げ合ったことが想像されるだけである。そしてそのほうがわかりやすい。

(G)で、女は「母が呼ぶ名」を答えたいけれど、あなたの〈名〉がわからないと答えている。男に先に〈名告る〉ことを要求している。これは(A)が相手の名を尋ねて、自分が天皇だと〈名告る〉ことをしていることと一致する。男から〈名告る〉ものだったらしい。「母が呼ぶ名」は、愛称のようなものともとれるが、やはり正式の〈名〉だろう。主婦は家の内部のことをいっさい取り仕切っていたから、家族を代表して「母が呼ぶ」といった。

市道での出逢い

市の道での出逢いをうたった歌もある。市道といっている。

(H)焼津辺《やきつへ》にわが行きしかば　—焼津のあたりにわたしが行ったところ

駿河なる阿倍《あべ》の市道《いちぢ》に逢ひし児らはも
春日蔵首老《かすがのくらのおびとおゆ》〈万・3―二八四〉

駿河の阿倍の市の道で出逢ったあの子よ

焼津は現在の静岡県焼津市。阿倍は駿河国の国府があったあたりで、現在の静岡市。焼津へ向かう途中阿倍の市で女に出逢った。市で出逢う女には心魅かれる。市での出逢いが特殊なものだからである。(E)〜(G)などから、市ではすばらしい女と出逢い、共寝するものだという幻想があったのだろう。

3　道での出逢い

市道は市の道で、市のもっている幻想によって出逢った女に心魅かれることになるが、道も特殊な空間だった。道は自分たちの共同体と異界を結ぶもの、共同体を出て異界へ連れていくものだから、道自体が異空間の特殊性をもっているのもうなずける。ただしこの道での出逢いは、前著『万葉集を読みなおす』で「道で出逢った女」として書いたので、ここではかんたんにふれる。

巡行叙事

長いので引用はしないが、『古事記』応神天皇条に、天皇が木幡《こはた》村で出逢った矢河枝《やかわえ》姫に心魅かれ、その家を訪れ歓待されたとき、酒杯を手に取ってうたったとして載せられている角鹿《つぬが》の蟹の謡（記・43）がある。角鹿（福井県敦賀）からささなみ道（琵琶湖岸を通る道）を通って都へ向かう途中の木幡

〈京都府宇治市の北方〉で美しい女に出逢い、その女に魅せられたことをうたう。女のすばらしさと出逢った喜びをうたうのに、なぜどこそこを通ってどこで出逢ったとうたわねばならないかという疑問が〈巡行叙事〉という表現の様式で解ける。すばらしい女というときに、どこそこを通って行く途中、どこそこで出逢ったという表現の様式があったのである。それは、始源的には、始祖の神が住むべき土地を求めてほうぼうさすらった果てにすばらしい土地を見出して村立てすることをうたう〈巡行叙事〉の神謡の様式であった。これは最高にすばらしいものをうたうときの様式になった。表現は様式からみるべきだということである。

(1)道にあひて咲《ゑ》まししからに
　降る雪の消なば消ぬがに恋ふといふ吾妹
　　聖武天皇〈万・4―六二四〉

　道で出逢って〔私が〕ほほえみなさったから
　降る雪のように消えるなら消えろというぐらいに
　〔激しく私を〕恋しているという吾妹よ

「咲ましし」と敬語になっているのは、うたい手が聖武天皇だから、いわゆる自称敬語。ただし天皇自身が自分の動作に尊敬語をつけるわけはなく、天皇の動作やことばはかならず誰かが伝えることによって残されることになるから、その誰かが最高の存在である天皇に対して尊敬をあらわさねばならず、敬語が加えられると説明されている。それより本来、神の動作であることを示すのに、いわゆる敬語をつけたとみたほうがいい。天皇も神だから必然的にその動作には敬語がつけられた。

道で偶然出逢ってほほえまれたら、もう自分の身がどうなってもかまわないというぐらいに恋してしまった女を、いとおしいと想っている歌である。女は聖武のほほえみが忘れられない。つまり、どうしようもなく取り憑かれてしまった。その心奪われてしまうような状態にさせる出逢いが道でのものだった。森朝男氏はこのような道を「逢魔」の場所として捉えている（「うらぶれてつまは逢ひきと―逢魔表現としての『あふ』をめぐって―」『まひる野』'82・7）。魔物に出逢う、魂がさらわれてしまうという感じである。

橋をひとり行く女

道で出逢うとあるわけではないが、「河内の大橋を独《ひと》り去《ゆ》く娘子《をとめ》を見たる歌」という題詞をもつ歌がある。

(J)級照《しなて》る　片足羽《かたしは》川の
さ丹塗《にぬり》の　大橋の上ゆ
紅《くれなゐ》の　赤裳裾《あかもすそ》引き
山藍《あゐ》もち　摺《す》れる衣《きぬ》着て
ただ独り　い渡らす児は
若草の　夫《つま》かあるらむ
橿《かし》の実の　独りか寝らむ
問はまくの　欲しき我妹が

（しなてる）片足羽川の
美しい丹塗の　大橋の上を通り
紅の　赤裳の裾を引いて
山藍でもって　摺った衣を着て
ただひとり　お渡りになる子は
（若草の）夫があるだろうか
橿の実のように　ひとりで寝るのだろうか
訪ねたい　あの子の

家の知らなく　　　　家がわからないことだ
〈万・9―一七四二〉

反　歌

大橋の頭《つめ》に家あらば　　　　大橋のたもとに家があるなら
うらがなしく独り行く子に宿貸さましを　　　　心をせつせつとしてひとり行く子に宿を貸したいものだな
〈一七四三〉

題詞に「……見て」とあるとき、「柿本朝臣人麿の香具山の屍《かばね》を見て悲慟《かなし》びて作れる歌」（3―四二六）、「菟原処女《うはらをとめ》の墓を見たる歌」（9―一八〇九）などのように、旅などの道中に見たものをうたう場合が多い。

橋の上で出逢ってすれ違った女を見送るようにしていると思うが、自分の先を行く女が橋にかかったときのことかもしれない。やはり橋の上ですれ違ったのだろう。橋とは、ほとんど定説だが、境にあるもの、異界とこちらの世界を結ぶ特殊な空間である。橋姫がいて橋を守るという伝説がよくある。そういう橋で出逢う女は心に取り憑いて離れない。

「紅の　赤裳裾引き／山藍もち　摺れる衣着て」と女の服装をうたうのは、女の美しさの表現。「山藍もち　摺れる衣」とは〈生産叙事〉の様式で、この場合の衣のすばらしさを表現する。〈生産叙事〉は、たとえば稲の作り方を神に教えられ、この世が豊かになったことをうたう神謡の様式である。神がこのように作れば豊作になるということをきわめて具体的に教え、その通りに生産していくと豊かな稔りがえられ、この世は飢餓から免れて豊かになった、その始源をうたう。そういう生産の過程を具体的に叙事する神謡がさまざまな物事についてあった。この場合は山藍をとって摺りつけると最高にすばらしい衣になったことをうたう〈生産叙事〉の神謡があり、それをふまえているとでもかんがえればよい。そういう神謡が実際にはなくてもよく、〈生産叙事〉の様式に則っていることは古代の人びとには明らかで、かれらは最高に美しい衣を表現していると了解していた。その〈生産叙事〉と同じに、「紅の……衣着て」全体も、こういう服装をすれば最高に美しい女になるという〈叙事〉の様式である。これも〈生産叙事〉といってもよい。中世の軍記物などで、出陣のときの武者の武装をきわめて具体的に語るのも、そういう武装をすれば最高に強くなり、戦さに負けないという表現である。かつて始祖がそういう武装をして戦さに勝ってきた、その通りにしていることを語っている。なお、紅の赤裳については、成人の女を象徴するものとして絵巻物類にみられることを、黒田日出男『姿としぐさの文化史』（'86　平凡社）、保立道久『中世の愛と従属』（'86　平凡社）が述べている。

そういう服装をした女だから、この女は最高にすばらしく、しかも橋の上で出逢ったのだから、気になってしかたないのである。

4　一目惚れ

『万葉集』には、偶然一目見たおかげで、心奪われてしまったことをうたう歌が多くみられる。

一目見し人

(K)一目見し人に恋ふらく
天霧《あまぎ》らし降り来る雪の消《け》ぬべく思ほゆ
〈万・10―二三四〇〉

――一目見た人に恋うことよ
天をかすませて降り来る雪のように
〔わたしの命は〕消えてしまいそうに思える

(L)たまさかにわが見し人を
いかならむ縁《よし》をもちてかまた一目見む
〈万・11―二三九六〉

――偶然にわたしが見た人を
どういう縁をもってまた一目見ることができようか

(K)は一目見てしまった人に心魅かれ、逢いたくて死にそうなほどだとうたっている。(L)は「たまさかに」とあり、一目見ることが偶然であることをよく示す例である。ほかにも数首同様の歌があり、「一目見し」が定型的な表現であることがいえる。

この種の歌は当然相手に贈ったものとみてよいだろう。『古今集』には、この種の歌が詞書をもって載せられている。たとえば、

人の花摘みしける所にまかりて、
そこなりける人のもとに、後に
よみて遣はしける　　　貫之

(M)山桜霞の間《ま》よりほのかにも
見てし人こそ恋しかりけれ
〈恋一―四七九〉

山桜を霞の間からほのかに見るように
ほのかに見てしまった人が恋しいことだ

のように、偶然かすかに見た女のもとにおくっている。これが恋の始まりである。このような歌を女に贈ることから、平安貴族の恋愛は始まる。

(K)(L)もそういう歌にちがいない。ただ『古今集』では、(M)のように「ほのかに見る」ことを中心にしている。「ほのかに見る」ことによってむしろ心に取り憑いて離れないとうたう。『万葉集』の「一目見し」の直接性と較べることで、二つの歌集の標準的な表出の相違がこのようなところにもみられる。

ただし、『万葉集』にも、

(N)柵越《くへご》しに麦食《は》む小馬のはつはつに
相見し子らしあやに愛《かな》しも
〈万・14―三五三七〉

柵越しに麦を食べる小馬が少ししか食べられないように
かすかにたがいに見たあの子がふしぎに愛《いと》しいよ

とかすかに見ただけでいとしくてしかたないとうたう歌もある。ただこの場合「相見し」とあり、たがいに見つめあったともとれるから、女の側の意志もあるかもしれない。ということは、女もこの歌を待っていたかもしれない。『古今集』では(M)の前に壬生忠岑《みぶのただみね》の「春日野の雪間を分けて生《お》ひ出でくる草のはつかに見えし君かも」があり、「はつかに見る」ことをうたう。この忠岑の歌は三句までがいわゆる序詞になっており、(N)の二句までが序詞で「はつはつ」を喚び起こす表出と構造的にも通じている。この種の歌がずっとうたい継がれていたことを思わせる。『万葉集』と『古今集』の世界はほとんど一続きでもある。

葦垣越し

どこから一目見たかをうたうものもある。

(O)花ぐはし葦垣越しにただ一目 —— 花の美しい葦垣越しにただ一目
相見し児ゆゑ千たび嘆きつ —— 見あった子ゆえに千回も嘆いたことだ
〈万・11—二五六五〉

葦で作った垣があった。粗末な垣ととられているが、「花ぐはし」という形容詞がつくように、かならずしもそうではない。

(P)わが背子に恋ひすべながり葦垣の外《ほか》に嘆かふ吾《あれ》し悲しも ——

—— あの人に恋してどうしようもない葦垣のように隔たったよそで歎きつづけるわたしは胸しめつけ

大伴池主〈万・17—三九七五〉　——　られることだ

は、葦垣が越えられぬ隔てだったことを示している。高天原に対応する世界が葦原中国《あしはらのなかつくに》と呼ばれるように、世界開闢の混沌としたなかから最初に生まれ出る神がウマシアシカビヒコヂ（すばらしい葦の芽の男神）と呼ばれるように、葦は霊力の強いもの、神聖なものとされていた。当然そういう葦で作った垣も神聖なものでもあったわけだ。したがって絶対に越えることのできない、越えることの禁忌である垣だろう。社の垣かもしれない。

(O)はそういう垣、社の垣とみたほうがよい。すると葦垣のなかにいる女は神女となる。神に選ばれた女、最高に美しい女である。だから一目見ただけでとても忘れることもできない。

(Q)人間《ひとま》守《も》り葦垣越しに　——　人目のすきをうかがって葦垣越しに
吾妹子《わぎもこ》を相見しからに言《こと》そさた多き　——　吾妹子を見ただけなのに噂が多いことだ
〈万・11—二五七六〉

これも初めて女に贈った歌。「人間守り」とあるから、葦垣のむこう側の女を前から気にしていたことになる。噂を聞いていたか、どこかで見たことがあるかだろう。その女を人目をうかがって葦垣越しにちょっと見ただけなのに、あのふたりはできていると噂が出てしまった。わたしは苦しめられている、どうにかしてくれという感じだろう。人目・人言を避けているから、もうこのふたりの恋愛は成立している可能性もある。

葦垣を越えるのは禁忌だと述べたが、葦垣を越える歌もある。

(R)赤駒《あかごま》を　厩《うまや》に立て
黒駒を　厩に立てて
そを飼ひ　わが行くが如《ごと》
思ひ妻　心に乗りて
高山の　峯のたをりに
射目《いめ》立てて　獣《しし》待つが如
とこしくに　わが待つ君を
犬な吠えそね
〈万・13—三二七八〉

赤駒を　厩に立て
黒駒を　厩に立てて
それを飼い　乗って行くように
わたしの思う妻は　心に乗って
高山の　峯の峠に
射目を設けて　獣を待つように
いつまでも　わたしの待つあなたを
犬よ吠えるな

反　歌

(S)葦垣の末かき別けて君越ゆと
人にな告げそ言はたな知り
〈三二七九〉

葦垣の先をかき分けてあなたが越えると
人には告げるな　事をよくわきまえて

(R)は二つに分けて、前半（「心に乗りて」まで）を男の想いをうたったもの、後半を女の想いをうたったものととれば意味が通ずる。それでも狩猟は男の分野で、猟の設備を設けて待つことが女の待つことの比喩になるのはおかしい。分けないで、男が馬に乗って猟場に来て獲物を待つという〈叙事〉をかんがえるのが素直なのだが、すると男が女を待つことになり、反歌も女が葦垣を越えて来ることになる。それでもかまわないが、やはり一般的ではない。それで、二つに分けて解しておく。

(S)が葦垣を越えて逢いに来た例である。Ⅵ「恋の通い道」で述べるが、恋愛の道は普通の道ではないから、垣を越えて来ることもある。平安時代の物語や和歌には、築地の破れ目からの出入りがしばしばみられる。禁忌は、特殊な場合はむしろそうする、つまり特殊な場合以外はしてはいけないということだから、禁忌の葦垣越えを犯す場合も、恋にはあるのである。繰り返し述べているように、一方的に決めてかからないほうがよい例である。

月光に見る

特殊な時間帯に一目見る例もある。

(T)み空行く月の光に
　ただ一目あひ見し人の夢にし見ゆる
　安都《あと》扉《のとびらの》娘子《おとめ》〈万・4―七一〇〉

大空を渡る月の光の中に
ただ一目見あった人が夢に見えることよ

これも後に述べるが、月の光にあたることは普段は禁忌であった。だから月の光を浴びている男は、祭りをしているなど、特殊な状態になければならない。そういう状態だから、女は心魅かれた。月の光を浴びれば、われわれだってふだんとは違ってみえるものだ。

(N)(O)(T)と「あひ見し」とある。諸注釈、この「あひ」を接頭語とするものが多いが、接頭語だって内容をもつ。「見あう」と口語訳したが、心が通じ合う見方をした場合が「あひ見る」だろう。こちらは一目見ることで相手に魅かれ、相手もそのような状態にある。魂が出逢うというか、そういう場合である。そうでない場合もあるが、基本的には魂がうったえかけてこなければ「あひ見る」とはいわない。そうとることで歌の内容も活き活きしてくる。接頭語とすまさないことがたいせつだ。だいたい接頭語という概念自体、後世の人が自分たちの時代の言語水準ではその内容をよく理解しえないことばについてそう呼んだにすぎない。

5　音に聞く恋

出逢いではないが、見たこともないのに噂に聞いて恋してしまう場合がある。

(U)天雲の八重雲隠れ鳴る神の　　天雲の八重に重なる雲に隠れて鳴る神のように
　音のみにやも聞き渡りなむ　　音（噂）にばかり聞いて過ごすのだなあ
　〈万・11—二六五八〉

(V)奥山の木の葉隠れて行く水の　　奥山の木の葉に隠れて流れる水のように
　音聞きしより常忘らえず　　音（噂）を聞いてからいつも忘れられないよ

〈万・11—二七一二〉——

噂だけ聞いて、まだ逢ったことのない人を恋する場合に「音に聞く」という。

噂

噂とは、誰ともなく言い始められ広まって、どこからともなく届いてくるものだ。噂を聞いた人は誰かにそれを伝えずにはやまない。そういう不可思議なものだ。誰から言い始められたともわからないというのは正体の知れない不気味なものであることを、どこからともなく伝えられるとはみんなが言っている〈共同性〉をもっていることを示し、聞いた人が誰かに伝えてしまうのはそれに乗り移られていることをあらわすから、噂とは神の意志である。

童謡《ワザウタ》（謡歌とも表記されている）という流行歌があったことが『日本書紀』や『日本霊異記』に記されている。それは、誰がうたい出したともわからず流行している意味不明の謡で、多くの場合後に起こる事件の予兆になっている。この童謡が噂のもつ特殊性をよく示す。

(U)(V)ともに噂を聞くことで見たこともない人に恋い焦がれてしまうとは、噂の呪力なのである。つまり噂に取り憑かれてしまったことを意味する。

〈聞く〉ことの呪性

噂は耳で〈聞く〉ことによって取り憑かれる。ここには〈聞く〉こと自体の呪性もある。

雁が音《ね》の声聞くなへに　　——雁の声を聞くにつれて

明日よりは春日の山はもみち始《そ》めなむ　―明日よりは春日の山は黄葉し始めるだろう

〈万・10―二一九五〉

雁の鳴き声を聞くことが明日からの春日山の黄葉をもたらしている。もちろんわれわれには、聞いてふと気づいてみるとのニュアンスである。雁の声を聞くことが明日からの黄葉の判断をもたらしているのである。その判断をもたらすのが〈聞く〉ことの呪性である。つまり雁の鳴き声が耳から取り憑いて、いやおうなしに判断をさせている。

「腕利《うでき》き」「目利《めき》き」などのキクということばも本来〈聞く〉と同じ語だった。漢字は渡来のもので、後から当てられたものだから、音《おん》からかんがえるのが肝要だ。腕に特殊な能力をもつ者が「腕利き」だ。国見などによって、〈見る〉呪術はよくいわれるが、ならば〈聞く〉呪術もいわねばならない。神の意志を受感し、判断することを〈聞く〉といった（詳しくは、古橋「〈聞く〉ことの呪性」『悠久』24号参照）。

(U)や(V)も、初めて女に贈る歌だが、そうすると「一目見る」歌と同様の役割をすることになる。やはり〈見る〉ことと〈聞く〉こととはほとんど同値でなければならない。

恋の始まりと歌

『古今集』にも、似通った歌がみられる。

(W)音にのみきくの白露　―あなたの噂を聞くばかりで　菊の白露が夜に置き昼に

夜はおきて昼は思ひにあへず消ぬべし
素性法師〈恋一―四七〇〉

は日にあたって消えてしまうように
夜は起きて想いに焦がれ　昼は想いに耐えかねて死んでしまいそうだよ

『古今集』の典型的な歌といってよい。縁語（白露―置く―消ゆ）、かけ詞（「きく」に菊と聞くを、「おきて」に置きてと起きてを、「思ひ」の「ひ」に日をかける）によって世界を拡げている。

西村亨氏は「恋の発展の段階」をことばによっておさえていっているが、その最初を「おとにきく―まだ見ぬ人への恋―」としている（『王朝恋詞の研究』'72　慶応義塾大学言語文化研究所）。やはり『万葉集』と『古今集』が一続きである例になろう。

この「音に聞く」や「ほのかに見る」ことの歌が女に贈られることから恋愛は始まるように、恋には歌が切り離せないものとしてあった。大胡太郎氏は恋愛を「和歌生活」として捉えている（「セミナー古代文学'85〈家持の歌を読む〉」'86・5　古代文学会）。むしろ歌が恋愛の規範になっていた。

6　人の噂

人の噂によって結ばれることもある。

言縁妻

(X)里人の言縁妻《ことよせづま》を
荒垣の外《よそ》にやあが見む憎くあらなくに
〈万・11―二五六二〉

里人が噂でわたしに寄せる妻を
荒垣の外にわたしは見るのだろうか　憎くはないものを

人びとの噂によって自分に寄せられる妻（恋人）を言縁妻といっている。ことばの呪力といえばいえるが、人の噂の力である。

その言縁妻と自分とは、いわば直接触れ合いをもったわけではない。人びとが根拠もなく、あの男はあの女が好きなのだとか、あのふたりはできているのではないかとか、噂をたてる。するとたがいに気になるわけで、それがきっかけになりうる。

この歌の場合、噂をたてられてからその女を気にして、憎からず思うようになった。なのに垣の外から、つまり離れてみているだけだと歎いている。荒垣は目の粗い垣をいう。だとすれば、その隙間から女を覗けることになる。しかしアラは、殯宮《アラキノミヤ》などの用例があり、新・生と同語で始源の状態、つまり神の世のこと（古橋「ことばの呪性―アラをめぐって、常世波寄する荒磯―」）だから、アラ垣とは神社の垣かもしれない。すると女は籠りの状態にあり、その空間を隔てるのがアラ垣で、男は近づくのが禁忌であることになる。絶対近づいてはいけないのだ。その歎きをうたっている。

人の噂の呪力

なんの根拠もないのに人びとの噂によって結ばれるのは、人びとの噂が特殊な力をもつからだ。

(Y)争《あらそ》へば神も悪《にく》まず

よしゑやしよそふる君が悪《にく》からなくに

〈万・11―二六五九〉

あらがえば神もお憎みになるだろう　　ままよ　人の噂がわたしに恋人となぞらえるあの人は　　憎くはないものよ

人びとの噂にさからうと神が憎むといっている。つまり噂は神の意志といってもよいわけだ。それは先に述べた、噂を聞いてどうしようもなく恋してしまうのと同じだ。

(X)(Y)ともに「憎く（悪く）あらなくに」とこちらの想いを表現している。これはいわば想いを逆側からあらわしているといえる。噂に心が寄せられるのだから、消極的な表現をとるのである。

人の噂の呪力をよく示す例をもう一例あげておこう。噂であきらめなければならない歌である。

(Z)うつくしとわが思ふ妹は早も死なぬか　　いとしいとわたしの思うあの人は早く死んでし
生《い》けりともわれに寄るべしと人の言はなくに　　まわないか　生きていてもわたしに心を寄せる
〈万・11―二三五五〉　　だろうと人はいわないことよ

人びとの噂ではあの女はお前を好きにはならないよというから、ならばあの女は早く死んでしまえば自分の心が恋しさに乱されることはないとうたう。このような論理が成り立つには、人びとの噂が絶対的なものでなければならない。つまり神の意志が人びとの噂なのである。

Ⅲ　逢い引きの使

逢い引きが戸外の場合、どのように待ち合わせ時間や場所を決めるのだろうか。人目・人言を憚ったから、直接約束を取り交わすことはできない。われわれの時代が手紙や電話を使うように、意志を伝える方法がなければならない。古代では、どうやら使が伝言を運んだらしい。

1　逢い引きの約束

逢い引きの約束は使がとりつけたらしい。

使の来る時間

その使も夕方に来た。もちろん夕方とは昼と夜の境目の特殊な時間帯である。

(A) 誰《た》そ彼《かれ》と問はば答へむすべをなみ
君が使を帰しつるかも
〈万・11―二五四五〉

あれは誰だと人が問うたら答えようがないので
あの人の使を帰してしまったことだ

(B)家人は路もしみみに通へども　　わが待つ妹が使来ぬかも

〈万・11―二五二九〉

家人は路もいっぱいに戻って来るが

わたしの待つあの人の使は来ないことよ

(A)は、人に自分の恋が知れてしまうのを恐れて、せっかくの使を知らん顔したことをうたっている。もちろん心中では待っていた。それを人にじゃまされたのである。「誰そ彼」とあるから、この使はたそがれ時、夕方に来た。夕方に使が来るのは、今夜の逢い引きの約束をとりつけるためにちがいない。他の用事だとすると、恋人同志逢う時間である夜に、直接話しあえるからだ。その意味で、(B)も夕方に使を待っている歌。「家人は路もしみみに通へども」は、家人が路もいっぱいに行き来するけれどと解されるのが普通だが、家人が路いっぱいにいるのは家の傍で、それも朝仕事に行くときか、夕方仕事から帰って来るときだろう。朝、昨夜の逢い引きのすばらしさを告げる使である可能性もないわけではないが、やはり今夜の逢い引きに胸ときめかせて期待する夕方の使を待つほうがよいように思える。「通ふ」は行き来だが、その反復を前提にして行く、帰るのどちらかを直接的には意味する場合がある。夕方に家人たちが次つぎに帰って来るのである。毎日家人たちが出入りしているから、家に帰る場合も「通ふ」といった。このような歌があるから、(A)も「問はば」の主語は家人だろう。

(B)は「妹が使」を待っている。逢い引きの誘いか許諾かの連絡だろう。特に平安朝の貴族たちの物語や和歌のおかげで、女はただ待つものと思われがちだが、男と女は恋愛において対等である。

女からの誘いと拒否

逢い引きにおいて、女が誘う場合もあったし、訪ねた男を拒否する場合もあった。

(C)すべもなき片恋をすと —— どうしようもない片恋をするとて
　このころにわが死ぬべきは夢に見えきや —— このごろ私が死にそうなのは夢に見えましたか
〈万・12—三一一一〉

(D)夢に見て衣を取り着装ふ間に —— 夢に見て　衣を取って身づくろいしている間に
　妹が使そ先だちにける —— あなたの使が先に来たのでした
〈三一一二〉

(C)(D)二首は問答歌である。したがって(C)の歌は使によって男に伝えられたことが、(D)によってわかる。そしてさらに、(C)は誘い歌であることも知られる。女が男に来るように誘っている。(D)の応えぶりから、この逢い引きは女の家で行なわれるらしい。この場合、男の側は予告なしに女を訪れるらしいが、女の使が来る前に「夢に見て」逢いに行こうとしていたというのだから、女の側からの誘いが夢でなされていたことになり、やはり一方的に男の意志だけで逢い引きがなされるとはいい難い。

男が訪ねて行っても、女が拒否する場合のあることは次の歌で知られる。

(E)ぬばたまの昨夜《きそ》は還《かへ》しつ —— (ぬばたまの) 昨夜はわたしを帰した
　今夜さへわれを還すな路の長道《ながて》を —— 今夜までもわたしを帰さないでくれ　長い道のりなのに

大伴家持〈万・4―七八一〉―

(F)玉桙の路行き占《うら》にうらなへば ―― (玉桙の)道を行きながら占うと
妹は逢はむとわれに告《の》りつる　　あの人は逢うだろうと占いが告げた
〈万・11―二五〇七〉――

(E)は大伴家持が紀女郎に贈った五首のうちの最後の歌で、その五首の一首目が「吾妹子が屋戸の籬《まがき》を見に行かばけだし門より返してむかも（あなたの家のま垣を見に行ったら、おそらく門から帰してしまうでしょうね）」とあり、女の家を訪れたのに、逢いもせず帰ったことが明らかになる。

(F)は、女の家へ行く途中に占いをすると、女が逢うだろうと占いに出たというのだから、訪ねてみても女が逢わないことがあることを示している。男は逢えないのではという不安を抱きながら、女の家へ向かっていることになる。そのような場合、男は途中で占いをしながら女の家へ向かったらしい。

その占いの具体的なやり方は詳しくはわからないが、

(G)夕占《ゆふけ》問ふわが袖に置く白露を ―― 夕占をして占うわたしの袖に置いた白露を
君に見せむと取れば消《け》につつ　　あなたに見せようと取ると消え取ると消え
〈万・11―二六八六〉――

などの夕占がその方法の一種だろう。夕占は道で会う人の言によって占う方法という。夕占自体については、Ⅷ「恋の呪術」でふれるが、「路行き占にうらなへば」というのは、夕占に適わしい。ただし、もちろん逢い引きは人目・人言を避けるものだから、道の途中で人に会うことも忌むはずだが、逆にそういう道中で会う人だからこそ、その人は占い（神の意志を明らかにすること。この場合は女の意志）を告げることができる特殊な人だったのかもしれない。

逢い引きの確認

このように逢い引きはいつもうまくいくとはかぎらず、おたがいの意志を確認する必要があった。使はその役割を担った。そしてさらに、V「逢い引きの場所」で述べるように、逢い引きは戸外の場合も多く、そのときには当然時間と場所の打ち合わせをする必要があった。その役割は使以外にはかんがえられない。もちろん男が女の家まで来て、外で待つ女と連れだってどこかへ行くことも多かったのは、

(H)誰そ彼とわれをな問ひそ　　——誰だろうあれはなどとわたしのことをきかないでください
九月《ながつき》の露に濡れつつ君待つわれそ　　九月の露に濡れてあの人を待っているわたしを
〈万・10—二二四〇〉

など、夕方に戸外で待つ女の歌があり、確かだろう。しかし(A)のような歌をみると、人目にふれる危険を避けるために使を交わしたとかんがえるほうが素直に思える。

(I)情《こころ》には千遍《ちへ》しくしくに思へども　　——心では繰り返ししきりに思うのだが
使を遣らむすべの知らなく　　使をやる方法がわからない

〈万・11―二五五二〉―

(J)人言を繁みと君に玉梓《たまづさ》の使も遣らず―人言があまりにうるさいのであなたに（玉梓の）使もや
　忘ると思ふな　りません
〈万・11―二五八六〉―あなたのことを忘れていると思わないでください

のような歌も、ただ想いを使に託して告げるだけでなく、逢い引きの約束まで含んでいるように思える。実際に逢うほうが想いがかなえられていいに決まっているからだ。

確実に逢い引きの使と思われる一首をあげておこう。

(K)百重《ももへ》にも来及《きし》かぬかもと思へかも―何度も来て欲しいと思うからか
　君が使の見れど飽かざらむ　あなたの使は見ても飽きることがないな
　柿本人麻呂〈万・4―四九九〉―

は、何度でも男が来ることと、使が何度来ても飽きることがないことが対応させられており、使の来ることと男の来ることが同値となっているから、この使は逢い引きの使とみてよい。

2　使の役割

使が逢い引きの約束をとりつけたことを具体的に示す資料がはっきりとあるわけではないので、使の役割からかんがえてみよう。

使の独自な意志

使とはどのようなものだったかをかんがえさせるいい例がある。

(L)天飛ぶや　軽《かる》の路は
吾妹子が　里にしあれば
ねもころに　見まく欲しけど
止《や》まず行かば　人目を多み
数多《まね》く行かば　人知りぬべみ
狭根葛《さねかづら》　後《のち》も逢はむと
大船の　思ひ憑《たの》みて
玉かぎる　磐垣淵《いはかきふち》の
隠《こも》りのみ　恋ひつつあるに
渡る日の　暮れぬるがごと
照る月の　雲隠《かく》るごと
沖つ藻の　靡《なび》きし妹は
黄葉《もみちば》の　過ぎて去《い》にきと

（天飛ぶや）軽の路は
あの人の　里なので
よく　見たいと思うが
たえず行くと　人目が多いので
何回も行くと　人が知ってしまうだろうから
（狭根葛）後も逢おうと
大船のように　頼みに思って
（玉かぎる）磐垣淵のように
隠ってばかり　恋うていたが
渡る日が　暮れてしまうように
照る月が　雲に隠れるように
沖つ藻のように　わたしに靡いていたあの人は
黄葉のように　過ぎていってしまったと

14 玉梓の　使の言へば　（玉梓の）使がいうので
15 梓弓　声《おと》に聞きて　（梓弓）その声を聞いて
16 言はむ術《すべ》　為《せ》むすべ知らに　いうことも　することもできず
17 声のみを　聞きてありえねば　使の声を　聞いてばかりいられなくて
18 わが恋ふる　千重の一重も　わたしの恋うる気持を　ほんのすこしでも
19 慰もる　情《こころ》もありやと　慰める　兆《きざし》があるだろうかと
20 吾妹子が　止まず出で見し　あの人が　いつも出て見ていた
21 軽の市《いち》に　わが立ち聞けば　軽の市に　わたしが立って耳をすますと
22 玉襷《たまだすき》　畝火《うねび》の山に　（玉襷）畝火の山に
23 鳴く鳥の　声も聞えず　鳴く鳥の　声も聞こえない
24 玉桙《たまほこ》の　道行く人も　（玉桙の）道を行く人も
25 一人だに　似てし行かねば　一人として　似ている人が通らないので
26 すべをなみ　妹が名喚《よ》びて　どうしようもなく　あの人の名を呼んで
27 袖を振りつる　袖を振ったことだ

柿本人麻呂〈万・2―二〇七〉

表現上注意すべきは19の「情」である。これをうたい手の心とすると意味が通じない。本来心とは

「景（神の意志のあらわれ）＋心（その解釈）」という歌の基本的な表現構造からいっても、神の側のものである（猪股ときわ「歌の〈こころ〉と『無心所着歌』」『古代文学』26 '87・3参照）。この(L)では軽の市に傷《いた》む想いを慰めるものをみつけようとしている。

「泣血哀慟《きゅうけつあいどう》」歌といわれ有名なこの長歌の当面の問題は、この「使」は誰の使かである。この長歌の反歌二首のうちの二首目、

(M)黄葉の散りゆくなへに　　　　　　　黄葉が散りゆくにつれて
　玉梓の使を見れば逢ひし日思ほゆ　〈二〇九〉　（玉梓の）使を見るとある人に逢った日々が思われる

の「使」と同じはずだから、恋し合う女の側からのいつもよこされていた使とかんがえてよい。しかし女が死んだことを使が伝えに来たとあるが、女が使をよこしたはずはない。ならば女の両親かとなるが、45「止まず行かば　人目を多み／数多く行かば　人知りぬべみ」と人目・人言を忌む段階の恋だから両親も知っているはずはない。知っていても公然の仲ではないから、使はよこせない。とすると、この使は自分の意志で来たことになる。女の意志や想いを伝えにいつも遣わされていた使だから、当然おたがいの想いをよく知っていた。それゆえ女が死んだとき自分の意志で、その死を男に告げに来たのである。

恋の代弁者

つまり使は自分の意志で行動することがあった。もちろん使になる者は、自分をおくる者の恋愛の理解者のはずだから、遣わす者の意志・想いを相手に伝えるのが基本である。歌なら歌だけをただ伝えればいいわけではないのである。それをよく示す例として、

(N)玉梓の君が使の手折りける
　この秋萩は見れど飽かぬかも
　　〈万・10―二一一一〉

（玉梓の）あなたの使が手折った
この秋萩は見ても飽きないことだ

(O)わが恋ふる事も語らひ慰めむ
　君が使を待ちやかねてむ
　　〈万・11―二五四三〉

わたしがどんなに恋うているかも語って慰めるような
あなたの使を待ちかねてしまうのでしょうか

の歌がある。(N)は、使の手折ってきた秋萩を讃めている。その秋萩は男が持っていくようにいったのかもしれない。それでも、どの秋萩を折るかは使にまかされているわけで、使のセンスに委ねられている。さらに、秋萩を手折って持って行くこと自体が使の意志だったかもしれない。どちらでも同じことで、使の裁量に委ねられている。使はそれだけ信用され、男の意志・想いがよりよく女に伝わるように務めた。

(O)は、使が来たら、恨みつらみを使にしゃべってやろうという。そうすることで恋心を慰さめられるのである。使の側は、女の恨みつらみを聞いて、それに受け応えしているはずである。男を代弁し、

また男がどんなに女を想っているか、どういう事情で逢いに来られないか、女をなだめるようなことをいわねばならない。そうしてはじめて女の気持はなだめられる。やはりただ男の伝言を伝えるだけではないのである。使は、送り手の意志や想いをじゅうぶん理解し、その場その場に応じた対応のできる才覚が要求されることになる。

3　語り手としての使

〈語り〉の才覚

その場その場での対応のできる才覚とは、ことばによるものである。つまり〈語り〉の才覚といってよい。それをよく示す例が『古事記』仁徳天皇条にある。

(P)石之日売大后は、仁徳天皇が八田若郎女に心を動かしたのに怒って、仁徳のもとを離れ、逃げまわってヌリノミの家に行く。困った天皇は丸邇臣口子《わにのおみくちこ》に歌を託し、仲直りしようとした。口子臣が、歌を伝えようとした時、激しく雨が降っていた。「〔口子臣が〕前つ殿戸に参伏《まゐふ》せば、〔大后は〕違ひて後《しり》つ戸に出でまし、後つ戸に参伏せば、違ひて前つ戸に出でます。」口子臣は紅の紐のついた青摺《あおすり》の衣を着ていたが、その衣は紅の紐にふれて、紅色になってしまった。大后に仕えていた口子臣の妹口日売《くちひめ》は、

山城の　筒木《つつき》の宮に　物申す　吾《あ》が兄《せ》の君は　涙ぐましも

とうたって、大后に兄をとりなした。

しかし大后は天皇を許さなかったので、口子臣とその妹口比売とヌルノミの三人でたくらんで天皇に、大后がヌリノミの家に来たのは、ヌリノミが飼っている三種に変わるふしぎな虫を見るためであると告げた。天皇はそれなら自分も見に行こうと、ヌリノミの家に来て、大后のいる殿の戸の前に立って、歌をうたった。

つぎねふ　山代女《やましろめ》の　木鍬持ち　打ちし大根《おほね》　騒々《さわさわ》に　汝が言へせこそ　打ち渡す　八桑枝《やがはえ》
なす　来入り参来《まゐく》れ

この天皇と大后のうたった六首の歌は、志都歌《しづうた》の歌返《うたいかえし》という。　〈『古事記』仁徳天皇条〉

口子臣、その妹の口比売とヌルノミが天皇と大后を仲直りさせた話である。兄の口子臣は天皇に、その妹口比売は大后に仕えていた。クチという名をもつのは、ことばにかかわる役割を担ったからだろう。そういう才能があるから口子臣、口比売と呼ばれたとかんがえればよい。いわゆる〝口がうまい〟のクチである。

口子臣は、天皇の歌を大后に伝える役をあたえられた。しかしなかなか大后に伝えられず、雨にびしょびしょに濡れて、紐の紅が青摺りの衣にうつり、赤い衣服になってしまうほどだった。この変色が、天皇と大后の仲直りの策略を導く。三種に変わる虫、つまり蚕——繭——蛾の変態する虫を見たがって、大后がヌリノミの所にいると天皇に告げ、天皇もその虫を見に行って大后に会い、仲直りをするという筋書きである。ふしぎな虫をきっかけにすれば、自然に気持も解けるという心理を利用している。その策略を実行すれば、口子臣は、天皇に嘘をつくことになる。それでも口子臣はそうした。天皇は大后との仲直りのために口子臣を遣わしたのだから、仲直りできさえすればよいのである。天皇は口子臣にのせられ、大后のもとへ行き、歌をうたった。その結果は記されていないが、それこそ歌の力で仲直りしたとみてよい。

また妹の口比売は、口子臣を取りつぐ役割をまずしている。それも「山代の　筒木の宮に」の歌をうたうことによってである。したがって口比売もやはり口に長けている。ことばを扱うことで大后に仕えていた。この説話は天皇側から書かれているから、口子臣が中心で口子臣の天皇への奏言しか記されていないが、口比売も大后になにかいっているとみたほうがよいかもしれない。その役割として記されているのはヌリノミだが、ヌリノミは努理使主《ぬりのおみ》として古代の氏族の始祖を記した『新撰姓氏録』にその名がみえる。左京諸蕃下に「調連《つきのむらじ》」として「水海連と同祖。百済国努理使主の後なり。誉《ほむ》田《た》天皇諡応神の御世、帰化す。孫阿久太男弥和《あくたなにわ》、次に賀夜《かや》、次に麻利弥和《まりにわ》。弘計《おけ》天皇諡顕宗の御世、蚕《かひこ》を織りて絁絹《あしぎぬきぬ》の様を献る。よって調首の姓を賜ふ」とあり、養蚕にかかわる氏族だったことが知られ、この説話の内容とも一致する。ヌリノミは三種に変態する虫を飼う者として登場するのである。

大后に口子臣の名を明らかにする役割だけでも、口比売はまず歌をうたって、大后の注意を引きつけ、それによって口子臣を取りついだのだから、ことばをうまく扱っていることになる。それも臨機応変といってもよいわけで、天皇における口子臣と同じ役割を担っていたとかんがえてよいだろう。口子臣は天皇の使として大后に遣わされた。そして天皇の歌を伝えるだけでなく、天皇の意志が実現するように妹の口比売と図った。ヌリノミは先に述べたように、たまたま養蚕とかかわるから登場するわけで、たくらんだのは口子臣、口比売だろう。このふたりがヌリノミに計画を持ち込んだのである。そして天皇と大后の仲は復することとなった。

使はこのような役割をはたすものだったのである。使に遣わす者の意志を汲んで、それを実現するために才覚を駆使して、策を練った。遣わした者を偽っても、その意志さえ実現すればよかった。その才覚とはことばによって発揮された。つまりことばに長けた者こそが使になれた。ことばによって騙《かた》ることをするのが使だった。騙るはもちろん語るで、同義だ。使とは〈語り〉の才覚をもつものだったのである。

〈語り〉の発生

そういえば、この説話は口子臣・口比売の〈語り〉とみてよいだろう。「前つ殿戸に参伏せば、違ひて後つ戸に出でまし、後つ殿戸に参伏せば、違ひて前つ戸に出でます」の繰り返し（対）による表現は、口承の昔話などによくみられるもので、〈語り〉の基本である。濡れた紐が青い衣を紅に変えることから、変態する虫を連想し、それが解決の糸口になるのも説話的だ。このときうたわれた歌が

「志都歌の歌返」という歌の名をもつのも、古くから伝承された歌であることを示し、歌にはかならずうたわれた状況の由来がついているものだから、その歌をめぐっての〈語り〉があったものと思われる。その〈語り〉を語れるのは、口子臣・口比売以外にはない。現場に居合わせねばならないからだ。したがって口子臣・口比売が、仁徳天皇さま・大后さまについては、こんなことがありましたとこの話を語ったとかんがえてみればよい。〈語り〉はそのようにして発生した。そして口子臣・口比売は〈語り〉を生み出す語り手だったのである。もちろんいわゆる歴史的事実としていっているのではない。この説話はあくまで伝承である。いつか誰かが語り始め、繰り返し語られているうちに、このような話になったにちがいない。それでも、あるいはそれゆえ、この話には、〈語り〉がどのように生み出されるかの現場が示されている。

だとしたら、使はたんに一主人に仕える存在を超えている。それには、始源的にこの世の秩序とは異なる存在でなければならないだろう。ことばを扱う特殊な能力というのも、秩序外的な存在であることを示す。むしろ神に近い存在だったのである。

使への信頼

この説話の場合、遣わす者が天皇だから、使は当然仕えている者になる。天皇と対等の者ではありえない。この世の最高の存在である天皇に仕えている者でも、使になる者は天皇を騙ることさえ許されていた。ということは、天皇の意志をよく理解し、自分の意志で行動できるだけ信頼されていたことを意味している。天皇が心を許す者こそが使になれたのである。おそらく口比売も同じ位置にいた。大后が伝言を遣わす場合は口比売が使になった。そして口子臣と口比売が兄妹であることは、このふたりが通じていることを象徴している。使である者同志も意志が通じ合わねばならない。それも天皇と大后という関係においてである。

平安時代に下るが、『落窪物語』の帯刀《たちわき》（落窪姫君の婿となる少将の随人《ずいじん》）とあこぎ（落窪姫君の女房）がそうだった。帯刀があこぎに通っているときの寝物語から落窪姫君と少将の関係が始まる。ふたりは主人の手紙を取りつぎ、意志や想いを伝える。ふたりの関係の間に入る両方の使同志が意志を通じてこそ、ふたりはうまくいく。平安朝では、姫君はつねに世間から隔離され、女房に守られていたから、男が姫君に文を賜るには女房を介さねばならないこともあるが、万葉の時代も、男が女に送る使と女が男に送る使は、それぞれが送る者の意志・想いをよく解し行動するが、人目・人言をあれだけ忌むのだから、使が使に伝言を託す場合だってあるだろう。(K)でみたように、同じ女のもとへ送る使は同じ者がいいに決まっているから、使同志知り合いになるとかんがえれば、平安朝の貴族たちと同じことがいえるように思える。といっても、庶民的なレベルでは、男あるいは女と使が直接あって伝言を聞いていることのほうが圧倒的に多いとは思うのだが。(P)の説話も、口子臣は直接大后にあって、伝言を伝えようとしている。

4　求婚の使

逢い引きではないが、求婚の使もある。どのような段階に当たるのかはっきりしないが、基本的には恋の始まりとみなしてよいと思う。ただ、いわゆる結婚の始まりという形態的な性格が濃く、人目・人言を避けていないようなので、逢い引きの後のなかば公然とした段階の始まりなのかもしれない。

媒人

求婚の使は、媒人《なかだち》と呼ばれていたらしい。

Ⓠ太子、物部《もののべ》麁鹿《あらか》火大連《ひのおほむらじ》の女影媛《かげひめ》を聘《あと》へむと思ほして、媒人《なかだち》を遣はして、影媛が宅《いへ》に向はしめて会はむことを期《ちぎ》る。

〈『日本書紀』武烈前紀　仁賢天皇一一年八月〉

Ⓡ中臣鎌子連《なかとみのかまこのむらじ》議《はか》りて曰《まう》さく、「大きなる事を謀るには、輔《たすけ》あるには如《し》かず。請ふ、蘇我倉山田《そがのくらやまだ》麻《ま》呂《ろ》の長女《えひめ》を納《めしい》れて妃《みめ》として、婚姻《むこしうと》の昵《むつび》をなさむ。然して後に陳《の》べ説きて、与《とも》に事を計らむと欲ふ。功《いたはり》をなす路、これより近きはなし」とまうす。中大兄《なかのおほえ》、聞きて大きに悦びたまふ。曲《つばひらか》に議る所に従ひたまふ。中臣鎌子連、即ち自ら往きて媒《なかだ》ち要《かた》め訖《をは》りぬ。〈『日本書紀』皇極天皇三年正月〉

Ⓠの用例でわかるように、求婚には媒人を立てた。Ⓡでは「媒ち要め」と「媒《なかだ》ち＝中立ち」が動詞

形になっており、「要め」と受けられているから、間に立って仲をうまくまとめる役割をはたすことがはっきりする。(Q)も媒人が「会はむことを期る」と逢う約束をまとめている。(Q)の場合、前章で引いたように、この逢う場所が海柘榴市とみてよいから、媒人は逢い引きの使と同一である。基本的に恋の始まりとみてよいといえるのは、このような用例からである。

(R)はいささかレベルが異なる。いわば政略結婚である。あの蘇我氏を亡ぼして大化の改新をなす事件の前段階の話である。中大兄と鎌足が蘇我氏一族の倉山田麻呂を抱き込もうとして、中大兄と倉山田麻呂の娘と結婚させ、婿と舅《しうと》の関係を結ぼうというのである。その媒人として鎌足が出向き、婚約を成立させた。したがってこの求婚は公認のものとなる。公認でなければ意味がないのである。こういう求婚の媒人もあった。というより、記紀にみられる求婚の媒人はほとんど公然としたものである。それは天皇の結婚だからそうなのかどうか、あまりはっきりしないが、人目・人言を避ける逢い引きの過程がない結婚もあったといちおうかんがえておくことにする。しかし、このような結婚も通い婚であれば、やはり人目・人言を避け夜だけ通うことになるから、同じである。ただ出逢いが当事者を超えたものによって仕組まれている相違だけが残る。それが家の意志であるが、家の意志そのものは個別的な利害だから、前面に出すわけにはいかない。そこで媒人という仲介役によって利害を中和させることになる。使が主人を欺くことが許容されている存在、つまりこの世の秩序を超えた存在であるからこそ、この役割を担うことができるのである。

媒

天皇や貴族ではない求婚の媒人にもふれておこう。序章の(L)で引いた話が適当である。

(S)父母の死によって没落した家のひとり娘が、なにも頼りにするものがないゆえ、家にあった観音像に福を得られるように日夜祈願していた。その里に妻に死なれた富者がいた。この嬢が気に入って、「媒《ナカヒト》を通して伉儷《ヨバ》フ」。女は「私は現在貧しく、着るものもない。どういう顔をして結婚できようか」と断わった。媒が女のようすを告げると、男は、「女が貧しいのははじめからわかっていた。ただ承諾するかしないかだけだ」というので、ふたたび媒は女のもとへ行き、男の気持を語った。女はなお拒否したので、男はみずからおしかけ、女を強引に説得した。とうとう女は男の申し出を受け容れた。〈『日本霊異記』中巻34話〉

カタカナで記した部分は訓みが示されていることば。「伉儷《ヨバ》フ」は中巻33話にその訓み方が示されていた。「媒」をナカヒトと訓んでいる。男がナカヒトを立てて求婚し、女は断わったが男はさらにナカヒトに意志を伝えさせ、また女が断わると、とうとう自身やって来て、強引に女に承諾させてしまった。女が断わった理由として示された女のことばをナカヒトは男に伝え、二回目にナカヒトにいわせたことの内容は、男の会話として示されていることだろう。ナカヒトは、ほかにもいろいろ、どんなに男が望んでいるかを女に話しただろうことは、逢い引きの使と同じだろう。

ここに示されているのは、ナカヒトでは意志が実現できず、直接逢うことによって求婚が成功したというのだから、ナカヒトは取次役にすぎないということである。そしてうまく意志を伝えるのに失敗した。そういうこともあったのである。

このナカヒトといういい方に注目しよう。求婚の仲介役とみれば、ナカは求婚する者とされる者との間ということになる。しかしあいかわらず(S)のように直接求婚したほうが効果があるかもしれないという問題はある。にもかかわらず、なぜナカヒトを立てなければならないのだろうか。一家族はひとつの世界をつくっており、別の家族はまた別のひとつの世界をつくっている。したがって求婚する者にとって求婚される相手は、いわば異郷の存在と同じ位置になる。そのふたつの世界をつなぐには特殊な存在が必要だった。それがナカヒトの役割だったのである。神と人との間をつなぐ中臣《ナカトミ》という家柄があったのと通底している。中臣は「本末傾かず茂《いか》し槍《ほこ》の中執《と》り持ちて」（『中臣寿詞《よごと》』）朝廷に仕える役割を担っていた。

Ⅳ　逢い引きの時間

逢い引きが夕から朝までなのは、Ⅰ「結婚の起源神話」で述べた通りである。恋愛が日常を超えるもの、神の側のものゆえ、そうであったと述べた。しかし毎夜逢えるわけではなかったらしい。どういう場合に逢い、どういう場合に逢えないのか、逢い引きの時間をかんがえてみよう。

1　夕から朝

やはりいちおう夕に逢い、朝に別れるものであることを確認しておこう。

逢い引きの時間

夕に来て朝に去ることをうたった歌が『万葉集』にある。Ⅰの(F)で引いたが、わかりやすいのでふたたび引く。

(A) 朝《あした》去《ゆ》きて夕《ゆふべ》は来ます君ゆゑに
ゆゆしくも吾《あ》は嘆きつるかも
――
朝に去って夕にいらっしゃるあなたゆえに
禁忌を破ってわたしは嘆いてしまうことだ

〈万・12―二八九三〉――「ゆゆしくも」というのは、朝から夕、つまり昼は男を想ってはいけないからである。昼間は逢い引きしてはいけないだけでなく、想うのさえ禁忌だったことがわかる貴重な例である。

(B)暮《よひ》に逢ひて朝面《あしたおも》なみ隠《なばり》にか――（夕に逢って朝に顔を隠す）隠に
日長《けなが》き妹が廬《いほり》せりけむ　いく日もあの女《ひと》は廬を結んで籠っていたのだろうか
　長皇子〈万・1―六〇〉

「暮に逢ひて朝面なみ」は隠（三重県名張市）を喚び起こす枕詞。こういう枕詞は、毎夜男が通って来て、朝になると顔を隠し帰って行ったから隠といったというような地名起源譚を思わせる。旅の歌でいえば、地名起源譚を知っていることはその土地の者であることを示すことだった。だからその土地を無事通過できた。そしてもちろん地名の由来譚を語ることは、その土地の神を称えることでもあった。

諸注この「隠」を夜の情交ゆえ恥ずかしくて顔を隠すとするのは情に寄り過ぎた解釈である。Ⅱの(B)で引いた『常陸国風土記』香島郡の童子女《おとめ》松原の伝承で、嬥歌《かがい》で出逢ったふたりが松原で逢い引きし、朝、人の見ることを恥じて、松の樹となったとあるように、「人」との関係で「面無み隠」といっている。ここで恥じてというのは、話の表現の問題である。三輪山神話の箸墓型（Ⅰの(E)）でも、正体をみられた三輪神は恥じて怒り、去って行った。神話的には見られることの禁忌であるが、話として「恥じて」といっているのである。訪れた男は人に見られないように明るくなる前に帰った。それだけでなく、顔を隠し、正体を知られないようにしたのである。

夕

夕は、日没前後の、人の姿は見えてもそれを誰と判別するのが困難な時間帯をいうらしい。たそかれ（誰そ彼）時という。「誰そ彼」は『万葉集』にも用例がある。

(C)誰そ彼とわれをな問ひそ　　誰だあれはとわたしのことを問わないでくれ
九月《ながつき》の露に濡れつつ君待つわれそ　　九月の露に濡れながらあの人を待つわたしを
〈万・10―二二四〇〉

もう一例（万・11―二五四五）あるが、それは逢い引きの使を「誰そ彼」といっている（Ⅲの(A)）。「誰そ彼とわれをな問ひそ」というのは、人に姿はわかるからである。だが誰だか分明ではない。「君待つわれそ」とあるから、逢い引きの約束があるのだろう。ただ漠然と待っているわけではない。夕も夜も本来は危険な時間帯だ。ただ〈11―二五四五〉が使を迎えての歌（Ⅲ「逢い引きの使」で詳述）だから、ひょっとしたら逢い引きの約束をするために待っているのかもしれない。でも、「君」は普通女から男を呼ぶいい方で、女が待つのだから、やはり約束があるとみたほうがよい。

夕（たそかれ）は逢い引きの始まる時間だった。

(D)夕さらば君に逢はむと思へこそ　―　夕方がくればあなたに逢おうと思うからこそ

日の暮るらくもうれしかりけれ　――　日が暮れるのもうれしいことよ

〈万・12―二九二二〉

「日の暮るらくもうれしかりけれ」とあるから、普通は日の暮れるのはうれしくなかったことがわかる。もちろん夜は神の時間帯で、禍《まが》まがしくあったのだ。この歌はそういう夜に対する畏れと、昼には逢ってはいけないという禁忌がよくあらわれている。

一日

ここで、古代の人びとが一日をどういうようにかんがえていたか、かんたんにふれておこう。夜は神の時間、昼は人の時間で、ここには厳然たる区分があった。永藤靖『古代日本文学と時間意識』（'79　未来社）、真木悠介『時間の比較社会学』（'81　岩波書店）が述べる通りである。柳田国男『日本の祭』（全集第一〇巻所収、筑摩書房）もそうだが、益田勝実氏は神の時間帯である夜が、昼の根拠になることを述べている（『火山列島の思想』）。つまり、一日がわれわれの認識と異なって、夜から始まることになる。神話的には納得できる論である。この世のあらゆる事物の根拠は神の側にあるのだから。その意味で、こういう認識は古代日本に限らず、世界的なものである。

といって、そういう認識がすべてであったわけではない。

(E)玉あへば昨日《きのふ》の夕《ゆふべ》見しものを　――　魂があえば昨日の夕に逢えたのに
今日《けふ》の朝《あした》に恋ふべきものか　――　今日の朝に恋い苦しむべきものなのか

〈万・11―二三九二〉―

「玉あへば」は原文「玉響」で、訓が定まっていないが、とりあえず賀古明氏、中西進氏に従ってこう訓んでおく。朝逢えなかった歎きを、前日まで振り返ってうたっている。この歌の時間認識は、夜までは昨日、朝からが今日だろう。こういう時間認識の歌も多い。田中元『古代日本人の時間意識』（'75　吉川弘文館）は詳しく資料を引いて紹介している。

朝廷の勤務時間は、『日本書紀』舒明天皇八年（六三六）七月に、大派王《おおまたのおおきみ》が蘇我蝦夷に、

群卿《まへつきみたち》及び百寮《つかさつかさ》、朝参《みかどまゐり》すること已《すで》に懈《おこた》れり。今より以後《のち》、卯の始《うのとき》に朝《まゐ》りて、巳の後《みのとき》に退《まか》でむ。因《よ》りて鐘を以て節《ととのへ》とせよ。

と命じた記事から、「卯の始」＝午前六時から「巳の後」＝午前一〇時だったことが知られる。また大化三年（六四七）には勅が下されている（『日本書紀』）。

凡そ位有《たも》ちあらむ者は、要《かなら》ず寅《とら》の時に、南門の外に、左右羅列《つらな》りて、日の初めて出づるときを候《うかが》ひて、庭《おほば》に就《ゆ》きて再拝《をが》みて、乃《すなは》ち庁《まつりごとどの》に侍れ。もし晩《おそ》く参《まうこ》む者は、入りて侍ることを得ざれ。午の時に到るに臨みて、鐘を聴きて罷《まか》れ。その鐘撃《つ》かむ吏《つかさ》は、赤の巾《ちきり》を前に垂れよ。

日の出前に集まり、日の出とともに勤務に就くというからたいへんだ。寅の時は午前四時、午の時は○時である。時刻を告げるのは鐘鼓だった。鐘鼓は陰陽寮が管理する。漏刻博士が守辰丁（おそらくトキモリノヨボロと訓む）を使って時刻を告げる。そのトキモリは赤い頭巾を被り、前を隠して鐘鼓

を打つというのは興味深い。赤は神社の鳥居など赤く塗られているように、神の側の色、頭巾を被るのは、神の側に属する者であることを示す。時を告げるのはそういう特殊な者がしえた。もちろん時とは宇宙の運行であり、神の管理するものだからだ。『延喜式』にも出勤時間についての規定があるが、省略する。

このように、官人の勤務時間は日の出から午前中だった。朝廷といういい方自体、太陽が中天に昇るまでの勢いを意味しているという（諸橋轍次『大漢和辞典』）。日が沈み出したら力が衰えるのである。もちろんこのような制度は中国渡来のものだが、逆に渡来のものであるだけ特別なものとみなされた。つまり午前中は神の時間帯となった。そうすると、朝こそが一日の始まりとなりうる。近代のわれわれが社会的な時間、つまり会社勤めや通学が中心となった時間認識をもっているように、公の勤めが中心になったのである。しかしこのような時間認識が二次的かどうかははっきりいえない。労働自体、〈生産叙事〉の神謡に示されるように、神から授けられた生産の方法に則って行なうものだから、神の側の行為ともいいえた。そしてそれが共同体を現実的に維持していくものだから、そこから一日の始まりをかんがえることだってありえた。繰り返し述べるように、あまり一元的に捉えないほうが実情にあっているように思える。

2　月夜の逢い引き

妻訪い婚というと、男は毎日、夜通い朝帰って、昼間は仕事をし、いったいいつ休めるのか、疲れてたいへんだとふしぎに思うようだ。一晩語り明かすといっても、共寝をした後は充足した眠りに落ちるのだろうし、寝る時間がないわけではない。それでも毎晩そんな生活をしていたらたいへんなのに変わりはない。どうも妻訪い婚といっても、毎晩通うのではないらしいのである。

月夜に待つ

次のような歌がある。

(F)春日山霞たなびき 情《こころ》ぐく照れる月夜に独《ひと》りかも寝む 坂上大嬢〈万・4—七三五〉	春日山に霞がたなびいて 鬱とうしく照る月の夜にひとりで寝るのだろうか
(G)月夜には門に出で立ち 夕占問《ゆふけと》い足卜《あうら》をそせし行かましを欲《ほ》り 大伴家持〈万・4—七三六〉	月の夜には門に出て 夕卜をしたり足卜をしたりした　あなたのもとへ行きたくて

贈答とみてよい。「霞たなびき情ぐく照れる月夜」と来ない男を待つ想いを重ねて表出しているが、

(G)との対応でもわかるように、月の夜なのに一人寝しなければならない歎きをうたっている。(G)では、そう女にいわれて、月の夜だからあなたに逢いに行こうとしたと弁解している。つまり、逢い引きは月の照る夜にしたことがわかる。

(H)闇夜《やみ》ならば宜《うべ》も来まさじ
　梅の花咲ける月夜に出でまさじとや
　紀女郎《きのいらつめ》〈万・8―一四五二〉

闇夜ならばなるほどいらっしゃらないでしょう
梅の花が美しく咲く月の夜においでにならないとは

月夜の逢い引きはこういう歌ではっきりする。闇夜なら来ないのも納得できるというのは、闇夜は逢い引きをしないで家に籠っているからである。それを暗くて道が危ないからといってもいいが、それはなんでも人間の利害からみる近代的な俗説である。ならば、たいまつをかかげて来てもよいし、星月夜の明るさに来てもよかった。そういう例はひとつもなく、月夜だけがうたわれるのは、それが特殊な夜だったからである。(G)にしろ(H)にしろ万葉末期の歌で、月夜に情をこめた修飾語がついている。月が明るく照って梅の花が美しくみえるとうたうが、中心は月夜なのに来ないことへの非難である。

(I)妹が目の見まく欲しけく
　夕闇の木の葉隠《ごも》れる月待つごとし
　〈万・11―二六六六〉

あの人に逢いたいと思うのは
夕闇の木の葉に隠れる月を待つようなものだ

「ごとし」とわれわれの語感では比喩にみえるが、もうすこし結びつきが強い。格助詞の「の」が「のように」と現代語訳できるのと同じで、「の」自体は主格や所有格をあらわすのに、「のように」と訳せるのはむしろ妙だと思うべきだ。異なる二つの事象が並べられてひとつにみなされるときに「の」や「ごとし」が使われる。この(I)の場合も、恋人に逢いたい想いと月の出を待つ想いがイコールで結ばれている。それが可能なのは、月の出を待って逢い引きに出かけるからである。

月の呪力

逢い引きは原則的に月の夜に限った。それは本来人が籠っていなければならない夜に、逢い引きをすることによる。日の光を浴びてこの世のものが成長するように、月の光を浴びてその呪力を身につけることによって、特殊な存在になりえ、夜も外に出ることができるのである。だから逆にふだんは月の光を浴びるのは禁忌だった。

平安朝の末期に下るが、『更級日記』に月の光を浴びるのを不吉に感じる場面がある。

〔私は姉の〕形見にとまりたる幼なき人々を左右に臥せたるに、荒れたる板屋のひまより月のもり来て、児《ちご》の顔にあたりたるが、いとゆゆしくおぼゆれば、袖をうちおほひて、いま一人をもかき寄せて、思ふぞいみじきや。

私はなくなった姉の形見としてこの世に残された幼い児たちを左右に寝かせていると、荒れている板屋の隙間から月の光が漏れさして、幼児の顔にあたるのが不吉に思われるので、袖でその顔を覆って、もう一人もかき寄せて、あれこ

〈『更級日記』野辺の笹原〉——れ思うのが悲しいことだ。

姉は五月一日に二番目の子を生んでなくなった。まだ姉の遺体が安置されている状態である。その生まれたての幼児の顔に月の光があたるのを不吉だと袖で隠すのである。最後の「思ふぞいみじきや」のなかには、前の年の七月一三日の月の照りわたった夜、縁に出て姉と語ったことが思い出されている。そのとき姉は「空をつくづくながめて、『ただ今、ゆくへなく飛び失せなば、いかが思ふべき』と問ふに、なまおそろしく思へる気色を見て、異《こと》ごとに言ひなして笑ひなど」した。おそらくあれがこの死の予兆だったと思っているのか、あるいは明るい月の光にあたり、どこかへ飛んで行ってしまうなどといったので、その通りになってしまったとかんがえているのか、そんなところだろう。そのように思い合わせられるのは、月の光を浴びることの禁忌があるからである。

このふだんは禁忌というのは、特殊な場合はむしろそうしなくてはならないことを意味する。逢い引きとは、その特殊なもの、神の側のものだから、月の光を浴びて出かけなくてはならなかったのである。これは具体的な説明としては、

(J)夕闇は路たづたづし月待ちていませ　　夕闇は道がおぼつかない　月を待っていらっしゃい
　わが背子その間にも見む　　あなた　その間もあなたの姿が見られるから
　豊前国娘子《おとめ》大宅女《おおやけめ》〈万・4—七〇九〉

のような歌でもいえよう。月の光で道が明るく照らされれば、危険な夜道も安全になる。歌の内容は、

それを月の光を浴びて訪れる男のすばらしい姿を見たいという想いの側からうたっているとでも説明されようか。それが歌の表現のあり方である。

ただし諸注釈はこの(J)を、昼いっしょにいて、夕に帰ると解釈している。逢い引きとするとおかしいので、宴会だろうとする説明もある（日本古典文学集成『万葉集㈡』頭注）。「その間にも見む」が問題である。逢い引きの約束があれば、恋人を迎えに出ることもあるわけで、待っている間にも男の姿を見たいということがあってもよい。約束がなくたって月の出ている夜は、

(K)一重山隔《へな》れるものを
月夜よみ門に出で立ち妹か待つらむ
大伴家持〈万・4—七六五〉

一重の山が隔てているだけなのに
月がすばらしいので門に出て立ってあの人はわたしを待っているだろうか

のように外で男を待った。逢い引きが夜以外は禁忌であることから、そう解せる。この歌も、月の夜なのでむしろ逢い引きをすべきだから、恐しい夜なのに門に出て待っていることになり、月の夜の逢い引きが証明しうる例でもある。

嵐の夜

月が照っていても、風が激しく吹く夜は逢い引きはいけないらしい。

(L)窓越しに月おし照りて
あしひきの嵐吹く夜は君をしそ思ふ

窓越しに月が照りわたって
（あしひきの）嵐が吹く夜はあなたを思うよ

〈万・11―二六七九〉――なぜ月が照って、激しい風の夜に恋人を想ってしまうのかといえば、月の夜は逢えるはずだからである。「窓越しに月おし照りて」は、家のなかから煌こうと照る月の光をみている悔しい想いを抱く女の像が浮かぶ。そのニュアンスがわからなければ、この歌は読めない。逢えるはずの恋人に逢えないから、よけい辛いのだ。ちなみに「窓越し」も「窓」も『万葉集』にはこの一例しかない。悔しさ、辛さが思われてしまう一首だ。

夕月夜・暁月夜

月は満月を中心にして、その前は早く出て早く沈み、その後は遅く出て遅く沈む。そういう月の運行によって、逢い引きも影響された。

夕方にはもう照っていて、夜明け前に沈んでしまう月の夜を夕月夜といった。

(M)夕月夜　暁《あかときやみ》闇の朝影に
　わが身はなりぬ汝《な》を思ひかねに
〈万・11―二六六四〉

――夕月夜の暁方の闇の朝の光のように〔弱よわしく〕わたしの身はなってしまった　あなたを思い余って

「夕月夜暁闇」という表現はもう一首あって（12―三〇〇三）、やはりこの(M)のように比喩的になっている。この夕月夜は、暁闇の繰り返し表現として暁闇を喚び起こし、意味的には暁闇が中心である。夕月夜自体での恋の歌はみられないからたんなる想像にすぎないが、ひょっとしたら、早く月が沈んでしまうので、訪れた男も早く帰ってしまったのかもしれない。満月のころならまだいっしょにいられるのにと、よけい辛く思えるのかもしれない。あるいは、あまりにも早く月が沈むので逢えないのかもしれない。

逆に月の出が遅く、明け方まだ月の照る夜を暁月夜といったらしい。

(N) 時雨《しぐれ》降る 暁月夜《あかときつくよ》 紐解かず恋ふらむ君と居《を》らましものを　〈万・10—二三〇六〉

——時雨の時どき降る暁月夜だから下紐を解かずに恋うているだろうあなたといっしょにいたいものだ

用例はこの一首しかない。発想としては(L)「窓越しに」の歌と同じだろう。遅く出た月が暁方も時雨の合間に煌こうと照っている。時雨が降らなければ逢えたのにと、暁方まで待って起きていて、かえって恋人が想われる。「紐解かず恋ふらむ君」の「らむ」は現在推量といわれるもので、自分が恋うているように相手も眠れずにいま恋うているのだろうと推量している。「紐解かず」はひとり寝のこと。前逢ったとき自分が結んであげた下紐をそのままにしてということで、共寝できない辛い想いが表出されている。そうすることで、ふたたび男が訪れることの呪術でもある。

(I)〈二六六六〉の月の出を待つのは、「夕闇」ともあるし、逢い引きに行ける夕になったのにまだ月が出ないでいるからで、暁月夜の夕方、逢い引きを迎える前の歌である。

もっと遅くに逢う歌もある。

(O)霞立つ春の長日を恋ひ暮らし
　夜の更《ふ》けぬるに妹に逢へるかも
　〈万・10―一八九四〉

霞の立つ春の長い日をあの人に恋うて暮らし
やっと夜が更けてからあの人に逢えることだよ

月がうたわれていないが、夜更けにようやく恋人と逢えたのは、やはり月の出が遅かったからだろう。月の出を待って出かけるのでなければ、春の長日といわれる昼間の、早く暮れないかという表出とあわない。暮れるとともに出かけたらいいのに、そうできないのである。昼は早く夜にならないかと待ち、夜は早く月が出ないかと待ち、ようやく逢えたときはもう夜更けだったというのである。

3　逢えない夜

月が出ている夜は逢い引きができたということは、逆に月がなければ逢い引きは禁忌だったことを意味する。(L)で月があっても、風が強ければ逢えないことにふれた。逢ってはいけない夜はずいぶんあったのである。

雨障み・雨隠り

『万葉集』で逢えない夜としてよくうたわれるのは雨夜である。

(P)心なき雨にもあるか
　　　　　――無情の雨であるな

人目守り乏《とも》しき妹に今日だに逢はむを　――　人目を避けてたまにしか逢えないあの人に今日こそ逢いたいのに

〈万・12―三一二二〉

せっかく逢える時がきたのに、雨が降っているおかげで逢えない嘆きをうたう。「今日だに」とあるのは、うたっている時が昼間であることを示す。早く夜よ来いとたのしみにしていたのに、雨が降ってしまって、今度は逢えないと落胆しているのである。もちろんこううたうことで、雨を止めさせようとしている。それが歌の呪力である。

雨が降って家に籠っていることを雨障《あめつつ》みといった。

(Q)雨障み常する君は　――　雨障みをいつもするあなたは
ひさかたの昨夜《きぞのよ》の雨に懲りにけむかも　――　(ひさかたの) 昨夜の雨に懲りたでしょうね

大伴女郎《いらつめ》〈万・4―五一九〉

事情が正確にわからないが、雨障みを口実に来ない男に対して、皮肉をいっている。久しぶりに訪れた夜、雨が降って帰るに苦労したのだろう。この(Q)の次の「後の人の追ひて同《こた》へたる歌」と題詞をもつ「ひさかたの雨も降らぬか　雨障み君にたぐひてこの日暮らさむ」(五二〇) から、男は雨の合間を見はからって帰ったらしいことがわかる。どうせ降るならずっと降りつづけてくれれば、帰ることができないからそのままずっといっしょにいられるという内容だからである。

この二首は、雨にあたることの禁忌をよく示し、それを雨障みといったことが明らかになる。もし禁忌でなければ、男は口実につかえない。ちょっとした雨でも、またすぐやみそうでも、雨障みだからと男は来ないのだろう。ツツムは謹慎するといったニュアンスのことば。

雪にしろ、雨にしろ、天から降って来るものは、天を神の世界と感じているゆえ、ふだんそれに触れるのは禁忌だった。雪も雨も呪力あるものだったのである。だから逆に、たとえば正月に雪の降ることはおめでたいことだった。神がその呪力をこの地上に付与することだったのである。その意味で、先に引いた月の光も天から降るもので、同じである。ただ逢い引きについては、その相違がはっきりあった。月は、むしろその呪力を浴びて、夜を安全に行動できるものだったのに対し、雨や雪はその呪力を浴びることは危険だったことになる。このように外界に対して畏怖をもっていたが、場合場合によって、そのかかわりは異なったらしい。

雨隠《ごも》りという語もある。

(R)雨隠り情《こころ》いぶせみ出で見れば　　雨隠りをして心が鬱とうしいので出て見ると
　春日の山は色づきにけり　　　　　　　　春日の山はすっかり黄葉していたことだ
　　〈万・8―一五六八〉

恋の歌ではない。ただ雨の呪力がよくわかる。雨隠りをする前は春日山は緑だったが、雨隠りが終わって出てみるとすっかり黄葉になっていたというのは、雨が黄葉にしたということになる。そういう呪力ある雨だから、降っているときは雨隠りした。隠りから出てみると外界が変わっていた。それは、隠りが再生するためという幻想としてもいえる。

雨と笠

雨が降っていても、場合によっては笠をさせばよかったらしい。

(S)笠無《な》みと人にはいひて
雨障み留《とま》りし君が姿し思ほゆ
〈万・11―二六八四〉

笠がないのでと人にはいって
雨障みをしてとどまったあの人の姿が思われる

この歌は昼間のことだろう。人に「笠がないので」といったという。笠がなければ、雨の日は外へ出てはならないことがわかる。笠をさして雨が避けられればいいのである。雨が天から降って来る呪力の濃いものとすれば、笠はその呪力を受けとめ、守ってくれるものになる。琉球王は冷傘《リヤンサン》をさしていた。それによって天から降り注ぐ霊威を受感していたのである。

(T)ただ独り寝れど寝かねて
白栲《しろたへ》の袖《そで》を笠に着濡れつつそ来し
〈万・12―三一二三〉

ただひとりで寝ても寝られないで
白栲の袖を笠としてつけ濡れながら来た

(U)雨も降り夜もふけにけり
今さらに君行かめやも紐解き設《ま》けな
〈三一二四〉

雨も降り夜も更けてしまった
今さらあなたは行きましょうか　紐を解き〔共寝の〕用意をしましょう

問答である。男は雨が降っているので訪ねて行けないゆえ、ひとり寝しようとしたが寝られず、袖を笠にして来てしまったという。雨夜の禁忌はいきている。そして笠をさせばよいこともみられる。それに対して女は、雨が降っているからお入りなさい、いっしょに寝ましょうと答えている。やはり雨のなかを歩くのが禁忌であることを理由にしている。

風吹く夜・曇りの夜

嵐の夜は月が照っていても逢えないことはすでに述べたが、強い風の夜に逢うことも禁忌だった。

(V) 泊瀬風かく吹く三更《よひ》は
何時までか衣片敷きわが独り寝む
〈万・10—二二六一〉

泊瀬風がこのように烈しく吹く夜は
何時までか衣を片敷きわたしはひとりで寝るのだろうか

「衣片敷き」については、Ⅶ「逢い引きの姿」で詳述する。泊瀬風は泊瀬のほうから吹いて来る風で、おそらく冬の季節風。「何時までか」からそういえそうだ。烈しく寒い泊瀬風が毎晩続いて、逢えないのである。地名＋風のいい方は、その土地の霊威をもたらす風のこと。だから吹かれるのを忌んだ。

もちろん歌の表現は、烈しく風が吹き不安だし、寒いのにひとり寝でいる歎きとして表出される。特に旅の歌など「霰《あられ》ふりいたく風吹き寒き夜や　波多野に今夜わが独り寝む」(10—二三三八)のように温め安心させてくれる恋人といっしょにいられない歎きをうたう場合が多い。見知らぬ土地にいるだけで不安なのに、風が強く寒くてよけい辛いから、恋人の魂を呼び寄せて、心を鎮めるのである。われわれだって旅の空で、想う人を想い浮かべ慰めることがあるではないか。

曇って月が出ない夜も、もちろん逢えない。

⒲万代《よろづよ》に照るべき月も雲隠《がく》り ── つねに照るはずの月も雲に隠れて
　苦しきものぞ逢はむと思へど ── 苦しいものだ　逢おうと思うのに
　　〈万・10―二〇二五〉

前後の歌から判断して、これも七夕の歌。一年に一度の逢う瀬なのに、曇って逢えないとうたう。牽牛と織女の逢い引きの伝説は、妻訪い婚という形態と重ねられるゆえに、ひじょうに流行した。一年に一度とは、一生を一年ずつの積み重ねとかんがえれば、ただ一度の逢い引きと同じである。Iの「一夜夫」で述べたように、訪婚は神婚の一回限りを装ったもので、その逢い引きの積み重ねも基本的に一夜ごとに完結するものだった。七夕と同じだったのである。⒲も七夕の歌とみなくてもいい。たのしみにしていた逢い引きの夜、いつも照っている月が雲に隠れてしまい、逢えなくなってしまったとみればよい。

4　朝の別れ

こぶ取り爺さんで、鶏の鳴き声で鬼たちは引きあげて行くように、鳥の声が夜明けを告げるものだった。恋人たちは別れねばならない。

夜烏・朝烏

烏は一般的に不吉な鳥とされるが、夜明けを告げる鳥でもあった。

(X)暁と夜烏《よがらす》鳴けど
この山上《みね》の木末《こぬれ》の上はいまだ静けし
〈万・7―一二六三〉

暁だと夜烏は鳴くが
この山の木末の上は〔鳥も鳴かずに〕静かだ

他の鳥が鳴き出さないから、まだだいじょうぶよ、もうすこしいっしょにいましょうという内容で、烏が一番に夜明けを告げるものだったことが知られる。烏は霊威の濃い鳥だったようだ。「夜烏」というい方が、まだ明けないころに鳴くことを示す。

もっとも「朝烏」という語もある。

(Y)朝烏はやくな鳴きそ
わが背子が朝明《あさけ》の姿見れば悲しも
〈万・12―三〇九五〉

朝烏よ　激しく鳴くなよ
あの人の朝に出て行く姿を見ると心がしめつけられるよ

「はやく」は早くでいいかもしれないが、基本的に勢いの激しいことをいう。朝が告げられれば、恋人と別れねばならないから、そんなに鳴かないでくれとうたっている。

朝を告げるから「朝烏」だろう。こちらのほうがわかりやすい。「夜烏」だと、夜に鳴く烏というニュアンスが濃い。(X)は「暁と夜烏鳴けど」とあり、夜に鳴いて暁を告げる。朝の範囲は広く、まだ暗闇のころから夜明けの薄暗いころまでを暁といったらしい。(Y)の「朝烏」だと、朝に鳴く烏でもいいが、その広い範囲の朝を告げる烏の意となる。

夜烏・朝烏といういい方があり、めずらしいので(X)(Y)を引いたが、夜明けを告げる鳥としてもちろん鶏の歌もある（11—二八〇〇）。ほととぎす（18—四〇八四など）や鶴（15—三六二七など）もある。

朝戸を開く

鳥の鳴き声を聞いて、戸を開くことができたらしい。それを「朝戸を開く」という。

(Z)言繁《ことしげ》み君は来まさず
霍公鳥《ほととぎす》汝《なれ》だに来鳴け朝戸開かむ
大伴四縄〈万・8—一四九九〉

人の噂がひどいのであの人はいらっしゃらない
ほととぎすよ　お前だけでも来て鳴けよ　朝戸を開こう

ほととぎすが朝を告げる例である。そして鳥が来て鳴いて、初めて戸を開くことも確認できる。恋の歌として読めば、女は来ない男を待って一夜すごし、早く朝になって欲しいのである。だからほととぎすに来て鳴けとうったえる。そうすれば朝戸を開けることができる。

朝になることを「朝戸を開ける」といったらしい。「朝戸を開ける」とは籠るべき夜が終わって、外に出てもよくなることをよく示している。われわれだって寝処にいるうちは、何時になろうと夜だ。

(X)(Y)の鳥の鳴き声ではまだ戸は開けないのだろう。鶏も同じ。『古事記』神代の八千矛神の神語謡《かむがたりうた》に、夜明けの経過を鳥で表現した例がある。「青山に　鵺《ぬえ》は鳴きぬ／さ野つ鳥　雉《きざし》はとよむ／庭つ鳥　鶏《かけ》は鳴く／慨《うれ》たくも　鳴くなる鳥か／この鳥も　うち止めこせね」とある。この順番が時間の経過と対応しているかどうかはわからないが、しだいに明けていく表現であることはまちがいない。時間の表現として注意すべきは、山―野―庭としだいに人里に近づいて来ることである。つまり朝は山からだんだん人里にやって来る。これは奥の高い山に君臨してしだいに人里にやって来る神の来臨と同じだ。同じ八千矛神の神語謡の三首目に「青山に　日が隠らば／ぬばたまの　夜は出でなむ」という表現があるが、朝は時間の経過によってなるというよりも、夜とは異なるもので、訪れ出て来るものだったのである。朝戸を開けるという言い方も、戸は隔てるものだから、その戸を開ければ朝が入って来ることを意味する。

朝戸出の姿

朝は戸を開けることから始まるが、それは逢い引きの夜が終わることだったから、男は出て行った。それを「朝戸出」という。

(a)朝戸出の君が姿をよく見ずて
　長き春日を恋ひや暮さむ
〈万・10―一九二五〉

朝戸出のあの人の姿をよく見ないで
この長い春の一日を恋い暮らすのだろうか

「朝戸出の君が姿をよく見ず」とは、見送らなかったことをいう。そのため恋い暮らしてしまうというのは、もちろん歌の表現として恋人の像が鮮明に想いえがけず、不安な気持をあらわすが、朝戸出の男を見送らないことはいけないことだったからと思われる。女もいっしょに起きて、すくなくとも戸口まで行く。戸はその家に属する女が開けるから当然だろう。そうすれば公然的に、女は去って行く男の姿を追うことになるだろう。旅の別れで、女が見えなくなるまで見送り、袖を振ることで、男の魂を振るわせるのと同じである。

(b) 朝戸出の君が足結《あゆひ》を濡らす露原
　はやく起き出でつつわれも裳裾《もすそ》濡らさな
〈万・11―二三五七〉

朝戸出のあなたの足結を濡らす露原よ
早く起き出て　わたしも裳裾を露で濡らそう

男が足結（袴の足をしばるもの）を朝露で濡らすのだから、自分も裳の裾を濡らそうという。女は戸外まで出て見送ったことになる。それが一般的かどうかはわからない。

送る女は、見送ることで男が無事に家へ着くように祈った。そういう呪的な行為だった。

(c) 三諸《みもろ》の　神奈備《かむなび》山ゆ　1
との曇り　雨は降り来ぬ　2
雨霧らひ　風さへ吹きぬ　3
大口《おほくち》の　真神《まがみ》の原ゆ　4

三諸の　神奈備山から
一面に曇って　雨は降って来た
雨でけむって　風さえ吹いてきた
大口の　真神の原を通って

思ひつつ　帰りにし人　5　　念じながら　帰った人は
家に到りきや　6　　家に着いただろうか
〈万・13—三二六八〉

反　歌

帰りにし人を思ふと　　帰った人を思うと
ぬばたまのその夜はわれも眠《い》も寝かねてき　　（ぬばたまの）その夜はわたしも寝られなかった
〈三二六九〉

雨が降ってきたので、真神の原を行く男の身を案じている。「大口の　真神の原」とはいかにも恐しい所だ。狼が出るのだろう。狼は大神、つまり神の使い、または神そのものである。5の「思ひつつ」は内容がはっきりしない。もの想いという漠然としたものではなく、危険な場所を通るときに呪文を唱えるようなものに思える。「思ふ」とは具体的に像を浮かべることだし、なにもないにもかかわらず心に像を鮮明に浮かぶことの不可思議さをいうから、呪的な行為なのである。

この(c)は、雨が降り出し風が吹き出しと特に危険な状態になったから、こううたって男の無事を祈願しているのだが、こういう場合だけでなく、女はかならず男を見送り、歌をうたったと思われる。

(a)の状況は、そのタイミングがずれたのではないか。

Ⅴ　逢い引きの場所

逢い引きは月の夜にするものだった。そして人目を避けるものだった。ならば、どのような場所で逢い引きをしたのだろうか。『万葉集』をみていると、けっこう多様な場所が選ばれている。

1　女の家

逢い引きの場所は、ほとんどが女の家だったかもしれない。これまで引いてきた例もほとんどが女の家である。その場合は、両親、特に母親の公認があるとかんがえていいかもしれないが、厳密にはわからない。

つま屋

つま屋という場合には、いわゆる結婚として公認されているだろう。

(A)家に行きていかにか吾がせむ　　　　家に帰ってもどうしたらいいだろうか
枕づく妻屋さぶしく思ほゆべしも　　　枕につく妻屋はさびしく思われるだろうよ

山上憶良〈万・5―七九五〉―

「日本挽歌」と題された長歌の反歌で、大宰府で妻をなくした大伴旅人の立場でうたっている。この家は京の家である。「枕づく」はほとんど枕詞であるが、妻屋が共寝の枕につく所、いわゆる夫婦だけの特殊な空間であることを示していよう。近代は愛というような抽象的な概念を基本にたてがちだが、夫婦は異なる性の共同生活だから、その性差の対立と克服とがもっともよくあらわされる共寝が夫婦を象徴するのである。詳しくはⅦ「共寝の姿」で述べるが、枕はそのときの呪具であった。だから「枕づく」は、うまく現代語にならないが、枕をともにして、性差を超えることである。

(A)は男の家の同居とみなしたほうがよいようだ。その意味では、女の家の逢い引きではないが、逢い引きは共寝することだから、あげておいた。柿本人麻呂の妻の死を悼む「泣血哀慟」歌（2―二〇七～二一六）の一首（二一〇）に「吾妹子と　二人わが宿《ね》し／枕つく　嬬屋《つまや》の内に／昼はも　うらさび暮し／夜はも　息づき明し／嘆けども　せむすべ知らに」と同居していたことがはっきりしている。ただしこの場合は、男方同居かどうかはわからない。

父母に知られぬ逢い引き

女の家の、父母に知られていない逢い引きの例がある。

(B)玉垂《たまたれ》の小簾《をす》の隙《すけき》に入り通ひ来ね　―玉を垂らした簾のすき間から入って通って来て下さい
たらちねの母が問はさば風と申さむ　―（たらちねの）母がなんの音と問うたら風よと申しましょ

〈万・11—二三六四〉 —う

この歌は中国文学の影響のある、宮廷風のしゃれた歌謡かもしれない。額田王の「君待つとわが恋ひをればわが屋戸のすだれ動かし秋の風吹く」（4—四八八）との関連でそういわれる（西郷信綱『万葉私記　第一部』'58　東京大学出版会）。それでもかまわない。親に知られることも禁忌であった逢い引きの習俗がなければ、伝承されて来ないだろうから。

(B)は母親に知られないように忍んで女の部屋で逢うことを示す。天皇が登場し、やはり宮廷の歌謡かもしれないが、次のような例もある。

(C)隠口《こもりく》の　泊瀬《はつせ》小国《をくに》に
よばひなす　わが天皇《すめろき》よ
奥床《おくとこ》に　母は寝たり
外床《とどこ》に　父は寝たり
起き立たば　母知りぬべし
出で行かば　父知りぬべし
ぬばたまの　夜は明け行きぬ
幾許《ここだく》も　思ふ如《ごと》ならぬ
隠妻《こもりづま》かも

隠口の　泊瀬小国に
よばいをなさる　わが天皇よ
奥床には　母が寝ている
外床には　父が寝ている
起き出せば　母がわかるだろう
出て行けば　父が知るだろう
（ぬばたまの）夜は明けて行ってしまう
こんなにも　思う通りにならない
隠り妻だよ

〈万・13―三三一二〉―

反　歌

川の瀬の石ふみ渡り　――　川の瀬の石を踏んで渡る
ぬばたまの黒馬《くろま》来る夜は常にあらぬかも　――　(ぬばたまの)黒馬の来る夜はいつもあって欲しい

〈三三一三〉

女の部屋での逢い引きというより、女を訪れ、女が同意すれば外で逢うのだろう。「隠妻」というのは、世間から隠っている、ふたりの仲が秘められているその相手のことである。本来は神を迎える忌み隠りのなかにある巫女を意味したことについては、多田一臣「隠り妻と人妻と」(『国語と国文学』'86・11)に詳しい。第I章で述べたように、逢い引き自体、神の側の行為で、逢い引きする男女は神になるからである。女は神を迎え、神婚するように人目・人言を避けて隠っているのである。だから「隠妻」といえば、いわゆる結婚前の相手になる。

用例を求めていると、その恋愛期間に女の家で逢い引きしているとはっきりわかる例はほとんどない。家に訪ねてきても、(C)のように誘いに来ただけで、逢い引きは外でするのかもしれない。それは区別できない。その数少ない例のうち、

(D) 桜麻《さくらを》の苧原《をふ》の下草露しあれば　――　桜麻の苧原の下草は露があるので
明かしてい行け母は知るとも　――　ここで夜を明かして行きなさい　母が知ったとしても

〈万・11—二六八七〉——

がある。露を避けているのだから、屋内である。母が知ってしまってもよいといっているのだから、女の家である。ただし家人が寝ている建物かどうかはわからない。

2　屋内での逢い引き

女の家以外でも、屋内で逢い引きをする場合がある。

人の古家

恐ろしい気がするが、空家も逢い引きの場所だった。

(E)人言を繁みと君を　　人の噂がうるさいのでと　あの人を
鶉《うづら》鳴く人の古家《ふるへ》に語らひて遣りつ　　鶉が鳴く人の古家で語らって帰した
〈万・11—二七九九〉——

鶉は野山に鳴くものとされている。長皇子が猟路の池に出遊したときの人麻呂の長歌に「馬並めてみ猟立たせる／弱薦《わかこも》を　猟路の小野に／猪鹿《しし》こそば　い匍《は》ひ拝《をろが》み／鶉なす　い匍ひ廻《もと》ほり」（3—二三九）とあり、猪鹿と同列に扱われている。鶉が鳴くのは人里離れた所である。

(F)鶉《うづら》鳴《な》く故《ふ》りにし郷《さと》ゆ思へども　——　鶉が鳴くようになってしまった古い郷のころから思っていた

なにそも妹に逢ふ縁《よし》もなき　　――が　どうしてあの人に逢うすべがないのだろうか

〈万・4―七七五〉

(G)鶉鳴き古《ふる》しと人は思へれど　　――鶉が鳴き古いと人は思うだろうが

花橘のにほふこの屋戸　　花橘の匂うこの屋戸だよ

〈万・17―三九二〇〉――

のように「鶉鳴く古《ふる》」と固定的な例がある。それは人里のあった所が古くなり始源の状態に帰ってしまったときをいう。つまり鶉の鳴くような山野になったということである。(G)はそういう所に住んでいることを風雅のようにうたっている例。世に忘れられてしまったということでもある。したがって、(E)の「鶉鳴く人の古屋」は人の住んでいない家、空家とみられる。もちろん荒れはてている。一軒だけそうなわけではない。もしそうなら「鶉鳴く」とはいわないだろう。そういう空家は、われわれでも不気味だが、普通人の近づかない所で、密会の場所となった。

小屋

ふだん人の使わない小屋も逢い引きの場所となった。

Ⅰで引いた『古事記』神武天皇とイスケヨリ姫との結婚で、後にその出逢いのときのことを、

(H)葦原の　しけしき小屋《をや》に　　――葦原のひっそり隠れた小屋に

菅畳《すがだたみ》　いやさや敷きて　　菅畳をとても清浄に敷いて

我が二人寝し　　―わたしたちふたりは寝たことだ

とうたった例がある。「しけしき」は粗末とるのが一般的だが、土橋寛『古代歌謡全注釈　古事記篇』（'72　角川書店）に従って「ひっそり隠れている」と訳した。粗末とるのでは「いやさや敷きて」と矛盾すると土橋氏はいう。「いやさや」についても、土橋氏は、イヤは「最高の状態を表わす」、サヤは「神聖の観念を表わす語で、視覚的・聴覚的に力強い状態、または清らかな状態を意味する」という。「いやさや」はその通りだが、「しけしき」は実際には「粗末な」でもかまわない。新婚のときに隠る粗末な小屋が建てられたことは、

(I)新室《にひむろ》の壁草刈りに坐《いま》し給はね　　―新室の壁の草を刈りにいらっしゃい
草の如《ごと》寄り合ふ少女《をとめ》は君がまにまに　　草のように寄り集まる少女はあなたのお気に召すままで
〈万・11―二三五一〉　　すよ

のような例から知られる。新婚のための小屋は基本的に女が集まって作るものだった。草で壁を作るぐらいに簡素なものである。ということは、神女が神を迎えるために、毎年作り隠る小屋と同じだということである。

(H)はイスケヨリ姫の家のことと『古事記』ではしているが、神が訪れ、神女が迎えるという型を、天皇の側から表現したときに、異郷を訪れ、そこの女と神婚し連れ帰るとなるのもうなずける。日常の空間ではないということが重要なのである。

その小屋を粗末とみるのは、人間の側を中心にした考え方である。新婚のとき草を刈って来て作るのは、野に生える草の呪力をもたらすためである。「鶉鳴く古りにし里」を荒廃したとみれば、それは近代的な人間中心の考え方で、自然の山野にもどった、始源の状態になったとかんがえるのが、古代的なものである。といっても、たとえば王の宮殿、神社、寺院が壮大な建造物をもつのも、神の側の姿をみせるためで、それは人間優位ではない。極端に壮麗か、極端に粗末か、どちらも神の側の姿だった。普通が人間の状態である。

(H)は「葦原の　しけしき小屋」とある。葦原は、この世を葦原の中つ国と呼ぶように、讃め詞である。始源の、葦のようにぐいぐい成長していく不可思議な力を秘めている状態をそういった。そういう葦原の小屋に隠って共寝したとは、逢い引きがそういう場所であることの起源を語っているとみてもよい。

(J)玉敷ける家も何せむ　——玉を敷いた家とて何になろう
八重葎《やへむぐら》のおほへる小屋《をや》も妹としをらば　八重葎のおおっている小屋もあなたといっしょにいる
〈万・11—二八二五〉　ならば

家と小屋が対比させられている。小屋といった場合は、日常的に人の生活するものではないのかもしれない。

(K)彼方《をちかた》の赤土《はにふ》の小屋に　——人里離れた赤土の小屋に

霡霂《こさめ》降り床さへ濡れぬ身にそへ吾妹《わぎも》　——　小雨が降り床さえ濡れてしまった　わたしの身に添いなさい　あなた
〈万・11—二六八三〉

なんのためかわからないが、人里離れた小屋があり、そこで逢い引きをした。「赤土の小屋」は「地面にじかに寝起きする小屋」という（中西進『万葉集㈢』'81　講談社文庫）。日常生活を営むわけではないから、かんたんな造りで、雨が降るとなかまでじとじと濡れて来る。おそらく農作業か山仕事のための小屋だろう。そういう小屋は人里離れている。そういう日常空間とは異なる場所が逢い引きの場だったことがよくわかる例である。

奥山の小屋でも逢い引きした。

⒧奥山の真木の板戸をとどとして　——　奥山の真木の板戸をどんどんと押して
わが開かむに入り来て寝さね　　　　わたしが開けるから入って来て寝なさい
〈万・14—三四六七〉

東歌の相聞に載せられている歌。真木は、マが真弓《マユミ》・真澄鏡《マソカガミ》などのマで、最高にすばらしいものであることを示すいわゆる接頭語だから、最高にすばらしい木のこと。最高にすばらしいものは神のものである。したがって神の依り憑く木を真木という。そういう木は強く、人間に役立つ。ただ古代の人びとは、その強さを呪力とかんがえていたところがわれわれ近代人とは異なる。人間の利用から物をみないからである。

板戸は逢い引きの歌に時どきみられる。粗末な戸という解釈もある。板戸をどんどん叩いたり押したりするのが逢い引きのひとつのやり方であったらしい。

(M)誰そこの屋の戸押《お》そぶる　　　　　　　　　誰だ　この屋の戸を押しゆさぶるのは
新嘗《にふなみ》にわが背をやりて斎《いは》ふこの戸を　新嘗のためにあの人を外にやって潔斎しているこの戸を
〈万・14―三四六〇〉

板戸となっていないが、確実に板戸である。新嘗の祭りで、同居している夫を遠ざけたらしい。そして潔斎して隠っていると誰かが戸をどんどん叩く。もちろん神が訪れたのである。神は隙間なく閉じて隠っていても、いつのまにかどこからともなく入って来る（三輪山神婚神話苧環型の話。序の(D)か、このように誰もいないのに戸をガタピシャいわせて入って来るか、両方あった。

(L)も、その意味では、奥山の小屋に女が隠っていて、戸をどんどんいわせるというのだから、神の訪れである。それでもよい。ただ逢い引きは、繰り返し述べているように、神に規範があるから、恋人が神に倣ってやって来たとみてかまわない。

3　屋外での逢い引き

Ⅱ「出逢い」で引いた童子女の松原の例のように、屋外でも逢い引きをした。しかし、屋外での逢い引きを実際に示す例は意外に少ない。

待ち合わせ

屋外での待ち合わせを語る例はけっこう示せる。

(N)青柳の張《は》らろ川門《かはと》に汝《な》を待つと　　青柳の芽がはる川門にあなたを待つとて
清水《せみど》は汲《く》まず立処《たちど》ならすも　　清水は汲まないで立つ場所にすることよ
〈万・14―三五四六〉

東歌である。方言がみられる。こういう歌も載せられているから『万葉集』は素朴な人間感情に溢れた国民文学だというような捉え方がよくみられるが、それはおそらく貴族の異国趣味とでもいうものだろう。評価は古代という社会の観念構造のなかですべきで、近代の側の想いをおしつけるべきではない。

「青柳の張らろ」は川門の讃め詞になっている。春に薄緑の芽が出だしたころの柳は美しい。もちろん枯れ枝からその美しい芽をいっぱいにはり出すことに、不可思議な力を感じた。それは神のなす技だった。つまり神が姿をあらわすさまをいっている。川門は、トは場所をあらわすから、川と人が接する場所、川を感じる場所のことである。ミナト（水処＝港）と同じ。昔話桃太郎の、「おばあさんが川で洗濯していると大きな桃がどんぶりこ」の、おばあさんが洗濯している場所が川門に当たる。桃太郎の話は、異郷＝神の世と接触する場所だったことがよくわかる。最近流行《はや》りのことばでいえば境界である。そういう場所が逢い引きの待ち合わせ場所だった。

(N)は川門で待ち合わせの約束があるのかどうか定かではないが、しばしば逢った場所だから、そこでずっと待っているのだろう。「清水は汲まず」はふだんしている行為をしていないことを示す。つまり特殊な状態にある。歌の形からいえば次の「立処ならすも」と繰り返し（同じ内容を別のいい方で繰り返す。日常語ではない特殊な語、雅語・詩語・歌語の様式）になっている。ただし「立処ならすも」はずっと待っていて立つ場所になってしまったということで、待ちつづけていることをいう。

この川門で実際逢い引きしたかどうかはわからない。ここで待ち合わせ、近くの川原かどこかで逢い引きしたのだろう。あるいは近くにやはり小屋があるのかもしれない。

(O)道の辺の草を冬野に履《ふ》み枯らし――道の辺の草を冬の野のように踏んで枯らして
　われ立ち待つと妹に告げこそ　わたしが立って待っているとあの人に告げて欲しい
〈万・11―二七七六〉

(N)は女だったが、(O)は男が待つ例である。待つ状態は立っているらしいことが、この二首からわかる。疲れたからとしゃがんだりしてはいけない。次の行動に移るための過程だからだろう。

なかなか来ないので苛《いら》いらして足踏みし、草を冬の野のように枯らしてしまったというのは、活き活きしている。「妹に告げこそ」は誰かにそういっているのか、誰もいないのにそう想っているのか明らかでないが、おそらく誰かに頼んでいるように思える。この歌が女に伝えられ、女は出て来るのである。といっても、約束があったのかもしれない。

(O)も、この道の辺で逢い引きをするのではないだろう。近くの野に行くかどうかするのだろう。われわれだったらデートはほうぼうに行く。ただ待ち合わせ場所は、(N)(O)からみるかぎり、だいたい決まっていたようだ。だからずっと同じ場所で待っていられる。川門にしろ道の辺にしろいわゆる境界で、そこから共寝しに行く待ち合わせ場所に適わしい。

木の下

I「結婚の起源神話」の新婚初夜の「柿の木」の謡と並べて引いた、

(P)橘の下《もと》に吾《わ》を立て下枝《しづえ》取り　成らむや君と問ひし子らはも　〈万・11―二四八九〉

――橘の木の下にわたしを立たせて下枝を取って　この実のようになりましょうかあなたと問うたあの子よ

は木の下の逢い引きを示す。普通「君」とは女から男を呼ぶ場合がほとんどだが、誘いは男からするものというルールがあったから、やはり男の誘い歌かもしれない。そういうルールを破っても誘わざるをえない強い想いとしてみれば、女の歌となる。どちらだかわからない。

「実となる」が恋の成就を意味する例は多い。

(Q)足柄の箱根の山に粟蒔《あはま》きて　実とはなれるを逢はなくもあやし

――足柄の箱根の山に粟を蒔いて　ようやく実を結んだのにあの人と逢えないのはおかしい

栗は実を結んだのに、わたしの恋は実を結ばないのは変だといっている。〈万・14―三三六四〉―

橘は小さいみかんとみておけばよい。お正月のお供えの餅の上にみかんを置く習俗があるが、橘は呪力あるものとかんがえられていた。『古事記』垂仁天皇条に、天皇にトキジクノカクノ木実《コノミ》（いわば不老不死の木の実）を求めに、タヂマモリを常世の国に遣わしたが、タヂマモリがその実を得て帰ったところ、すでに天皇は死んでいたので、その実を天皇の陵に奉げた。その実が今の橘であるという記事がある。橘の起源譚だが、常世の国からもたらされた不老不死の実をならす木とされた。いうならば神の依り憑く木である。そういう橘の木だから、その下に立つとは神を迎えることを意味する。つまり神女はその下で神婚する。したがって逢い引きの場所となる。

橘だけではない。次の歌もある。

(R)長谷《はつせ》の斎槻《ゆつき》が下にわが隠せる妻
　茜《あかね》さし照れる月夜に人見てむかも
〈万・11―二三五三〉―

長谷の斎槻の下にわたしが隠している妻よ
茜がさして月の照る夜に人が見てしまうだろうか

斎槻は、ユが霊威の強い状態をさす語で、神聖な槻のこと。やはり神の依り憑く木である。「わが隠せる妻」はいわゆる隠妻《こもりづま》で、結婚として公認されていない状態の相手のこと。斎槻の下に隠し住まわせているわけではないだろう。そこで逢い引きをするのだ。

「茜さし」は「照れる」を喚び起こす枕詞とされるが、「茜さす」の用例はほとんど日・昼を喚び起こし、紫にかかる例が一首あることによって、明け方の太陽の昇るころの状態をアカネといっていることがわかる。アカ（明）＋ネ（根）だろう。太陽が昇って昼になるが、その明るくなる根本の状態をアカネといったのである。琉球王朝の歌謡集『おもろさうし』に「明けもどろの花」という美しい表現があるが、古代日本ではその朝日をアカネといった。だから「茜さし」は「照れる」にかかる枕詞というより、太陽のさすことそのものをいっているとみたほうがよい。「茜さし」の用例は『万葉集』に(R)のほかもう一首、それも「茜さし照れる月夜」であり、「茜さす」と区別がある。「茜さし照れる月夜」は太陽がさして〔沈み〕月の夜になるという時間の経過を含んでいる。日のじゅうぶん降り注いだすばらしい昼だから、月の明るいすばらしい夜であるというニュアンスだろう。形のうえでは「春過ぎて夏来たるらし」、「冬ごもり春さり来れば」と同様のいい方である。すばらしい月夜は逢い引きの夜である。おそらく斎槻の下での逢い引きの約束をして、女は先に行って待っているのだろう。その待っている姿を人に見られないかと心配している。

小林

童子女の松原のように、林での逢い引きもあったらしい。『日本書紀』皇極天皇三年六月条に、翌年の蘇我入鹿を斬った事件（大化改新）の予兆だったことが後にわかった童謡《わざうた》として載せられる三首のうちに、

(S)小林《をばやし》に我を引き入れてせし人の
面《おもて》も知らず家も知らずも
　　――小林にわたしを引き入れて共寝した人の
　　顔も知らない家も知らないことだ

がある。「小林」はちょっとした小さい林ではない。いや実際はそうかもしれないが、ヲは讃め詞である。大《オホ》―小《ヲ》が繰り返し（対《つい》）としてしばしばみられることからいえる。大が大《オホ》御門・大御葬など天皇にかかわる最高の讃め詞だから、小《ヲ》もそうみなせる。ただし大《オホ》ほどの讃め方ではないのかもしれない。それでも讃め詞には違いなく、小林といえば特殊な林になる。つまり神のいる空間、ふだん近づくのが禁忌の場所である。先の小屋と同じである。

そういう小林に引き入れられて抱かれてしまった。そういう場所ではそれが可能だった。顔も姓名もわからないというのは、三輪山神婚説話と同じで、相手が神だということを示す。いわゆる強姦といったものではない。女の側も魅せられて、なすがままにされてしまったのである。

野・原

おそらくもっとも多く利用される逢い引きの場所は野や原だった。

(T)山高み夕日隠りぬ
浅茅原《あさぢはら》後見むために標結《しめ》はましを
〈万・7―一三四二〉
　　――山が高いので夕日が隠れてしまった
　　浅茅原に後で「あの人と」逢うために標を結んでおきたかったのに

浅茅は芝の一種という。吉田金彦氏は浅茅の原で「愛を語り、共寝した」といい、芝を「愛の草」

として捉えている（『古代日本語をあるく』）。この「浅茅原」を女の比喩とするのが一般的だが、逢い引きのための場所取りをしたとみるべきである。なぜ草が女の比喩になるのかの説明がじゅうぶんではないのである。女を草に譬《たと》えるのは陰毛の生えている状態からというような卑俗な説もいわれるほどだ。想像力の貧困としかいいようがない。逢い引きの場所が野原だったから、男の側から、草を刈ることが女との共寝の比喩になった。比喩というよりも、逢い引きの場所を整えるために草を刈った。草を刈ること自体が共寝を意味したのである。「標結ふ」も、逢い引きの場所は神聖なものだから、いわば結界を作らねばならなかったのである。斎場であることを示したとかんがえればよい。

(U)君に似る草と見しより　　あの人に似る草とみて以来
　わが標《し》めし野山の浅茅人な刈りそね　　わたしが標を結った野山の浅茅を　人よ　刈らないでください
　　〈万・7―一三四七〉

この「君」は万葉集一般からいえば、女から男を呼ぶ場合がほとんどだから、女の歌かもしれない。だとすると、草を刈るが女をものにするという意ではなくなる。あの人と逢い引きしようと標を結った野の草を、人に刈られまいと願っている歌である。「君に似る草」とはみょうだが、「若草の夫《つま》」というい方もあるから、逢い引きの連想から、草そのものが相手をさすことになったのだろう。相手といっても、漠然としたものではなく、共寝する相手ということである。

(T)や(U)から、逢い引きが野ですることだけでなく、その場所はあらかじめ準備されていたことも知られる。その選ばれた場所は、他の恋人たちが好ましく思っても、避けなければならなかった。そのため標をつけて先有権を主張した。他の恋人たちはその標を見ればその場所はあきらめた。

野が逢い引きの場所であったとすれば、

(V)ま遠くの野にも逢はなむ　　　遠くの野ででも逢いたい
心なく里のみ中に逢へる背なかも　　　思いやりもなく里のまん中で逢った夫《つま》よ
〈万・14—三四六三〉

の「ま遠くの野にも逢はなむ」は、実際の逢い引きを意味していよう。昼間、里中でばったり顔を合わせてしまい、こんな所ではなく、人目のない遠くの野ででも逢えればよかったのに、というのではない。昼間は逢い引きは禁忌である。したがって夜、野で逢うという具体的な逢い引きを意味している。そして(V)からは、昼間だからというだけでなく、里中の逢い引きも禁忌だったことも知られる。家の中ならもちろんいい。

水辺

「草を刈るな」といういい方からは、さまざまのヴァリエーションが可能だった。

(W)佐保河の岸のつかさの柴な刈りそね　　　佐保河の岸の小高い所の柴を刈るな
ありつつも春し来たらば立ち隠るがね　　　そのままで春が来たら隠れられるように
大伴坂上郎女〈万・4—五二九〉

(X)住吉の出見《いでみ》の浜の柴な刈りそね
未通女等《をとめら》が赤裳《あかも》の裾《すそ》の濡れて行く見む
〈万・7―一二七四〉

住吉の出見の浜の柴を刈るな
乙女たちの赤裳の裾が露に濡れて行くのを見よう

(Y)池の辺の小槻《をつき》が下《もと》の細竹《しの》な刈りそね
それをだに君が形見《かたみ》に見つつ思《しの》はむ
〈万・7―一二七六〉

池の辺の小槻の下の細竹を刈るな
それだけでもあの人の形見として見てはしのぼう

三首とも旋頭歌で、現代の歌謡曲のように一番、二番というように次つぎうたわれたものだろう。「……（場所）の柴を刈りそね」と定型になっている。

(W)河岸、(X)浜、(Y)池の辺といずれも水辺である。といっても(W)は河岸の小高い所、(Y)は池の辺の木の下と限定されている。木の下の逢い引きについてはすでに述べた。「池の辺の小槻」の池の辺は、「滝《たぎ》の上《へ》の」など「……の辺（上）の……」という類型で、讃め詞になることを真下厚氏が述べている（「水の聖地と景物」『立命館文学』'85・9）。川岸や浜は異郷から神の来臨する場所であるから当然だろう。池の辺も、池が水の溜まる所だから、やはり神のいる所である。池の主が住むという伝承はどこにも多い。川が流れ込んでいれば、異郷から神が下って来てとどまる所、流れ込んでいなければ、なおかつ水は溜まるのだから、水が湧き出すかあるいは雨水が溜まる、つまり水が異世界からこの世にあらわれ、とどまる所で、結局滝や川岸とかわりない。

(W)は春になったら逢い引きしようというわけで、冬のうちに場所が確保されたことが知られる。(X)はやはり春になって、乙女たちが水遊びか水仕事にやって来たとき覗き見しようという。そこから出逢い—逢い引きと展開する。(Y)は、かつて逢い引きした場所であることをうたう。

この(W)(X)、それに(U)はこれからの逢い引きをうたうもので、その場に標を結うのだから、その標を結うときの呪文の歌のように思える。標を結ってこううたうことで、その場所の草が刈られることも他人が入り込むこともなくなるのである。この種の歌の多さがそう思わせる。それに「草な刈りそね」という禁止も祈願であることを思わせる。

Ⅵ　恋の通い道

恋は非日常的なものだから、日常とは異なった道を通って逢い引きした。逢い引きの夜に通る道は普通の道も特殊な道、恋の通い道となったが、またふだん通らない、道でもない所を通ったりもした。

1　恋の避路と直路

恋の廻り道

逢い引きの道は普通の道ではないところを通った。そのためわざわざ遠廻りする場合もあった。

(A)春霞《はるがすみ》井《ゐ》の上《へ》ゆ直《ただ》に道はあれど——春霞が立つ泉のあたりを通ってまっすぐに道はあるけれど
君に逢はむとたもとほり来も　　あなたに逢おうと廻り道して来たことだ
〈万・7—一二五六〉

(B)直に来ず此《こ》ゆ巨勢道《こせぢ》から——まっすぐには来ないで　ここから巨勢道を通って
石橋《いははし》踏みなづみぞわが来し恋ひて　　石橋を踏んで苦労してわたしは来た　恋いしくてどうしよ

すべなみ　〈万・13―三二五七〉　―　うもないので

恋人に逢おうとするなら、普通の道は通れない。(A)は近い道があるのに、わざわざ遠廻りして来たとうたう。

(B)も、まっすぐ来ないで遠廻りして来たことをうたう。石橋は石で造った橋ではなく、川に石をとびとびに置いて、そこを飛んで渡る橋のこと。こういう橋については、上田篤『橋と日本人』（'84岩波新書）に詳しい。この歌に、「なづみぞわが来し」とあるから、遠廻りするのが苦労してやって来ることの表現であることがわかる。なぜわざわざ苦労して来なければならないかといえば、恋愛という特殊な状態に入るためだ。日常の状態から非日常へ転移するには試練が課せられるとかんがえればよい。恋愛とは、異なった性の、違った存在であるふたりがひとつになるという不可思議なものだから、そこに至るまでたいへんな苦労をすることで、日常性を払拭《ふっしょく》しなければならなかったのである。それはまた人目を避けることにもなったが、それを目的として説明してはならないのは、恋愛の様式が世界観に基づいているからである。

(C)見わたせば近き渡りを廻《たもとほ》り　―　見わたすと近い渡しがあるが廻り道をして
　今か来ますと恋ひつつそ居《を》る　　今こそいらっしゃるかと恋いつついることだ
　　〈万・11―二三七九〉

(C)は、待つ女の側から遠廻りして来ることをうたっている。女も男が遠廻りすることを知っていたわけである。

(D)岡の崎廻《た》みたる道を人な通ひそ　　岡の崎を廻る道を人は通うな
　ありつつも君が来まさむ避道《よきみち》にせむ　　このままあなたが来る避道にしよう
　〈万・11—二三六三〉

旋頭歌（五七七五七七歌型の歌）と呼ばれる歌体のもの。岡の崎を廻って通っている道を避道にしようというのだから、そうでない道があることになる。ふだんの道か大道か、とにかく昼間人びとの往来する道があり、そのほかに岡の崎を廻った道があるのである。おそらく遠廻りになる小道だろう。その小道を人は通うなというのは、二通りに解釈できそうだ。ひとつは昼間人びとがよく通っており、それでは普通の道と同じだから、あの人が通って来る恋の道らしく、道としてなくなってしまえという意。もうひとつは、夜、自分が逢い引きすべき相手だけでなく、他の男も恋の道として通っており、それではいつか、どこかで想う男が別の男と出会ってしまい、人目・人言の禁忌を犯す危険をもつことになるから、あの人以外はこの小道を使うなという意、の二つである。四句目に「ありつつも」とあり、道がこのままの状態でありながらもという意だから、昼間も人は通るなというのではないだろう。あの人だけの恋の通い道にしたいという意にとっておく。

こういう廻り道を避道といっている。

恋の直道

普通ではない道が恋の道なら、普通の道もまっすぐではないから、遠廻りする道ばかりでなく、まっすぐ来る道も恋の道のはずだ。

(E)月夜よみ妹に逢はむと　　　月が美しい夜なのであの人に逢おうと
直道《ただち》からわれは来れども夜そ更《ふ》けにける　　　まっすぐな道を通ってわたしは来たのに夜は更けてしまった。
〈万・11―二六一八〉

月の晩しか逢い引きはできないが、今夜はその明るく月の照る晩だということを、うたい手の感情をこめているかのように「月夜よみ」といった。これが歌の表出である。うたい手には待ちに待った月夜で、月が美しくみえる。そう解せるような表現になっているのが歌なのだが、そういう情と月の夜には逢い引きできるという観念の〈共同性〉が重ねられて表出される。「月夜よみ」というのは、満月の晩に決まってはいるが、それが「良い」というたんなる状態ではなく、逢い引きできるから良いというようなニュアンスをもって〈共同性〉をもっているということだろう。

この「直路」は道なき所もかまわずまっすぐに来る恋の道である。「直道」自体の用例はこの一例だけだが、やはり恋の歌で「直越え」といういい方があるから、道なき所をまっすぐに来る道で誤りない。

(F)磐城山《いはきやま》直《ただ》越え来ませ　　　磐城山をまっすぐ越えていらっしゃい
磯崎の許奴美《こぬみ》の浜にわれ立ち待たむ　　　磯崎の許奴美の浜でわたしは立って待っていましょう

浜での逢い引きである。〈万・12―三一九五〉――男の住む所からその浜に来るのは磐城山越えがいちばん近いのだろう。その磐城山をまっすぐに越えて急いでいらっしゃいと誘っている。もちろんそういう道は危険にきまっているが、行かざるをえない。その危なさは避道も同じで、(B)の歌はその危険を冒してまで逢いに来たことをうたっている。

危険な恋の道

普通の道ではないから、恋の道は当然危険な道だった。

(G)来る道は石《いは》踏む山のなくもがも
　わが待つ君が馬躓《つまづ》くに
　〈万・11―二四二一〉
――あなたがやって来る道には石を踏む険しい山はなくて欲しい
　わたしが待つあなたの馬が躓くから

(H)石根踏む夜道行かじと思へれど
　妹によりては忍びかねつも
　〈万・11―二五九〇〉
――石を踏む危険な夜道は行くまいと思うけれど
　あの人のためにはがまんできないことだ

というように夜道の危険をうたう歌がある。「石（根）踏む」は岩がゴツゴツ出た山道を通ること。険しい山道で通るのが危険なことをいう定型的ないい方。男は馬に乗って女を訪ねることがあった。(H)は、危険な夜の山道でも、恋人のことを想うと居ても立ってもいられなくなって、逢いに行ってしまうことをうたう。

(G)(H)はもとからある道か、恋だけの道かはっきりしないが、どっちにしろ山道はあまり通らない特殊な道で、夜は恋の道になったのだろう。(G)では馬に乗って来るのだから、道なき山道ではおかしいかもしれない。山道でなくとも危険な道はある。

(I)妹らがりわが通ひ路の細竹薄《しのすすき》 ―― あの人のもとへとわたしが通う道の細竹薄よ
　われし通へば靡《なび》け細竹原　　わたしが通るならば靡き伏してくれ　細竹原よ
〈万・7―一一二一〉

細竹原を通る道である。細竹薄に靡けといっているから、ちゃんとした道があるわけではない。道なき道である。細竹原はよくその葉で脚などが切れるから危険な道だ。『古事記』景行天皇条のヤマトタケルの死後、その魂が白鳥となって飛んで行くのを追いかけるヤマトタケルの后や子たちが「その小竹《しの》の苅《か》り杙《くひ》に、足跳《き》り破れども、その痛きを忘れて、哭きて追はしき」という場面に危険な細竹原がみられる。そのときの謡は「浅小竹原《あさじのはら》　腰なづむ　空は行かず　足よ行くな」で、やはり細竹原が行き悩む所だったことがうたわれている。

(J)隠口《こもりく》の豊泊瀬《とよはつせ》道《ぢ》は常滑《とこなめ》の ―― (隠口の)豊泊瀬の道はいつも滑《すべ》る恐しい道だよ
　恐《かしこ》き道そ恋心ゆめ　　恋心でもって無理して通りなさるな　けっして
〈万・11―二五一一〉

は、川沿いの滑べる道である。「恐き道」と呼んでいる。危険の内容を岩が出てデコボコだとか、細竹で足を切るとか、滑ってころぶとか、たんに物理的に捉えていなかったのである。山や野、川原などはわれわれが暮らす日常的な空間とは異なる異郷＝神の側の空間だったから、岩がゴツゴツしていて人が通り難いのも、山が人を近づけないことのあらわれ、神の意志とかんがえていた。いつも濡れていて滑るのも、神の意志のあらわれで、人を通り難くしていた。自分たちの世界にかってに入り込まれるのを嫌っていたのである。だから異郷を行くのには恐れを抱いていた。旅での歌が多いのも、その土地の霊を讃め、無事に通してもらうためだとは、よく知られていることである。また家郷の妻をうたうのも、自己の属する共同体に魂を守ってもらうためである。恋の通い道の歌で、道の困難さと妻への想いをうたうのも、同じ観念による。つまり道の険しさをうたうのは、その土地の霊威の強さの表現、土地讃めにもなっているのである。

2　荒れはてる恋の道

恋の道に生える草木

逢い引きのため道なき道を通うならば、なんども通っているうちに道らしきものができる。そして通わなくなったとき、その道はもとの状態にもどることになる。

そういう状態を道に草が繁るといったらしい。

(K)山守《やまもり》の里辺に通ふ山道そ
繁くなりける忘れけらしも
〈万・7—一二六一〉

山守が里辺に通う山道は
草木が繁ってしまったよ〔あなたは通う道を〕忘れてしまったらしいよ

山守は、男を呼んでそういった。山を越えて通って来るからだろう。睦言における男の愛称かもしれない。とにかく、山守は山の番人、つまり人がめったに入り込まないように神域としての山を守っている人。したがって異郷とこの世の境界にいる人、神と通ずることのできる人である。そういう人である山守なら、山も安全に通れた。

男が通って来る道に草木が繁ってしまったのは、男が通って来なくなったからだ。それを「忘れけらしも」と表出している。もし他の人も通る道なら草木が繁ることはない。したがってこの道はこの男固有の恋の道だ。男が繁く通うことで、邪魔な木の枝も折られ、草も踏み固められ道をなした。その男が通って来なくなったことを道の草木が繁ったと表現したのである。

これを逆にいえば、

(L)畳薦《たたみこも》へだて編む数通はさば
道のしば草生《お》ひざらましを
〈万・11—二七七七〉

畳にする薦を距《へだ》て編みにするぐらい足繁く通うなら
道の芝草は生えないでしょうに

のようになる。女がたまにしか来ない男を恨む歌である。あまり通って来ないから恋の道に芝草が生えてしまったという。道に草木が繁く生えるというのは、男が来なくなる定型的な表現だった。

この種の発想の歌をもう一首あげておこう。

(M)大野路は繁道《しげぢ》森道《もりみち》繁くとも
君し通はば道は広けむ
〈万・16―三八八一〉

大野路は草木の繁った大道　森の道だ　その道に草木が深く繁っていても　あなたが通えば道は広くなるでしょう

この場合は、もとから大野路と呼ばれる道があったようだ。そこは森のなかの草木のうっそうと繁る恐しい道らしい。そういう道だって、あなたがしょっちゅう通えば広くなるだろうとうたっている。やはり女の誘い歌である。

荒れた道

女の側が男の通って来なくなったことをうたう定型として、道に草木が繁く生えるという表現があったが、当然死によって通わなくなり、道に草木が生えることだってある。

(N)三笠山野辺行く道はこきだくも
繁り荒れたるか久にあらなくに
〈万・2―二三二〉

三笠山の野辺を通って行く道はこんなにも草木が繁り荒れてしまったのか　御子がなくなってからたいして経っていないのに

志貴皇子の死んだときの挽歌で、この道は皇子の宮に行く道である。皇子が死んで、その宮には人びとが通わなくなったのを道が荒れるといっている。荒る（アル）は、生ル《ア》・現ル《ア》などと同語で、始源の霊威の強いさまをあらわすから、(N)「繁り荒れたる」は、もとの状態にもどって草木が繁茂し道が失くなってしまった状態である。人の近づけない霊威の強い場所にもどったわけだ。

(O)夕霧に千鳥の鳴きし佐保路をば
荒らしやしてむ見るよしをなみ
円方女王《まとかたのおおきみ》〈万・20―四四七七〉

―― 夕霧に千鳥が鳴いていた佐保路を
荒らしてしまうのだろうか　逢うことができないので

やはり挽歌である。智努《ちぬ》女王が死んだ後に作ったという。死んでしまって逢いに行くこともできないので、道に草木が深く繁って野にもどってしまうとうたっている。

この(O)の表出は、題詞がなければ恋の歌と区別できないようにみえる。しかし(N)(O)とそれ以外を比べてみれば気づくように、恋の歌では道に草木が繁く生えるというが、挽歌では道が荒れるとうたっている。つまり道が荒れるというのが挽歌の表現なのがわかる。草木が繁く生えるは、おそらくまだ恋が終わってはいない。女の側が男に、このごろごぶさたね、と恨んで誘っている歌なのである。恋が完全に終わってしまえば、(N)(O)のように道が荒れると表出するにちがいない。アラの意からそういえそうだ。しかしそのような歌はない。歌としてありえないからである。歌とは、つねに対象に向かって呼びかけるものだからだ。(N)(O)は死者に呼びかけている。死者を悼むことによって、その魂を鎮める歌である。

3　恋の通い道の途中

逢い引きに通う道の道中は、恐れ、苦労してやって来る。その道中をうたう歌もある。

道の辺の小竹

逢い引きの道中の恐ろしさとしては、

(P)はなはだも夜更けてな行き
道の辺の斎小竹《ゆささ》の上に霜の降る夜を
〈万・10—二三三六〉

ずいぶん夜が更けてからお行きなさるな
道の辺の斎小竹の上に霜が降るようなこの夜に

がある。「な行き」といっているから、男を送り出す女の歌である。いっしょに夜を過ごし、男をとどめたく思っている。夜が更けるとはずいぶん広い時間の範囲をいうらしい。この場合は夜が終わるころだろう。「ふける」は成熟の限界に達することをいう。まだ夜明け前ではある。男は明けきらないうちに女のもとを去らねばならない。男は帰る仕度をし始めた。そこでこの歌をうたって、すこしでも引き止めようとしている。

男の通い道の道辺には小竹がある。斎《ユ》という語が冠せられると特殊のものになる。ユは斎む（忌む）のユ（イ）で、霊威が溢れあらわれている状態をいう、いわゆる接頭語。したがって斎小竹は霊威の強くあらわれている小竹のこと。その斎小竹に霜が降りているから危険だといっている。霜が降るというい方は雨や雪と同じで、霜が天から降りて来るものであることを示す。天は神のいる所、異世界だから常世と同じで、そこから降りて来るものは霊威を運ぶものだった。正月に雪が降ればその年は豊作というのも、そういう観念をあらわしている。雨にあたるのを忌むのも、天から降る雨の強い霊威を恐れるからである。したがって天から降って来た霜のついた斎小竹とはそうとうに霊威が強く、触れるのを忌むのである。その上に霜が降りたゆえ斎小竹といっているのかもしれない。とにかくそんな小竹に触れればどんな災いがあるかわからない。ずいぶん危険である。そういって、女は男を脅して引き止めようとしている。

諸注釈、「霜の降る夜を」を霜が降りるほど寒い夜とするが、半分ぐらい誤りだ。「斎小竹の上に霜の降る」のニュアンスを捉えていない。ただ実際は身を切るような寒さを感じるわけで、「寒い夜」でまるで誤りでもない。ゾクゾクッとする寒さで、そんな寒さのなかを行けば風邪をひく。せいぜいそうとるのが近代の解釈であろう。その風邪を、斎小竹に触れる禁忌を犯した神の祟りと感じるのが古代の観念なのだ。

といって、かならずしも霜に濡れることが危険なわけでもない。

(Q)露霜に衣手濡れて　――　露や霜に袖が濡れて
今だにも妹がり行かな夜は更けぬとも　――　今こそあの人のもとへ行こうよ　夜は更けてしまって

〈万・10—二二五七〉—いても

この場合には、夜の危険な道も露や霜の強い霊力を身につけて行けばだいじょうぶということになる。こういう感じ方は、場面場面でまるで逆になったりもする。

露や霜の霊力は「白雲の　龍田の山の／露霜に　色づく時に」（6—九七一）などあり、明らかにいえる。もみぢにする呪力をもつのが露霜だというのである。

道の辺の花

(P)は「道の辺の斎小竹」だったが、この恋の通い道の道の辺に咲く花を、いわゆる比喩にする型がある。

(R)道の辺の草深百合《くさふかゆり》の花咲《ゑ》みに
　咲まひしからに妻といふべしや
　　〈万・7—一二五七〉

道の辺の草深く咲く百合の花が咲くように
わたしがあなたに笑みを送ったからといって　わたしを妻と
いうべきでしょうか

(S)路の辺の壱師《いちし》の花のいちしろく
　人皆知りぬ我が恋妻を
　　〈万・11—二四八〇〉

路の辺の壱師の花のようにはっきりと
人はみんな知ってしまった　わたしの恋する妻を

(R)は、三句「花咲みに」までが、四句「咲まひ」を喚び起こすいわゆる序詞になっている。(S)も、二句目までが、壱師の花のイチシという音によって三句の「いちしろく」を喚び起こす序詞である。

しかしそれだけでなく、壱師の花がきわだって目立つわけで、「いちしろく」の意味のうえからも序詞になっているとみたほうがよい。

このような序詞については、〈巡行叙事〉（始祖の神が住むべきよい土地を求めての巡行の果てに見出したすばらしい土地をうたう神謡の表現の様式のこと）の様式からの展開としてみられる。つまり、〈巡行叙事〉は神に見出されたゆえに最高のものであるはずで、最もすばらしいものを表現する様式になる。「道の辺の草深百合」といえば、その巡行に見出したすばらしい百合ということで、最高の美しさになり、それゆえ女の微笑みの比喩になりうるのである。

この(R)(S)の場合、その〈巡行叙事〉の序詞でいいのだが、恋の通い道の花とみるべきだろう。〈巡行叙事〉自体がそうなのだが、そのとき通う男は神の側に立っている。ただ恋の通い道に咲いている花というのではなく、それを見出した主体が重要なのだ。もちろんこううたう場合、花を見出した者はその花に心を動かされているとみるべきだ。その主体が恋する者、神の側に転移した者であるゆえ、神の心を動かす花、つまり神を魅きつける呪力をもつ花ということになり、そこにこめられた表現の呪力が下の句を喚び起こす不可思議な力を導くことになる。枕詞や序詞のもっている呪力の根拠はそういうものだったのである。基本的にそうかんがえるべきだが、もうすこしわかりやすくいえば、

(T)わが背子が見らむ佐保道の青柳を　　わたしのあの人が見るだろう佐保道の青柳を
　手折りてだにも見むよしもがも　　　　手折ってでも見る方法があればなあ

大伴坂上郎女〈万・8―一四三二〉―

のように、想う人が見るゆえに自分もどうしても見たくなる。そういう不可思議な力を呪力といっている。想う人が見るものだからといって、それを見たいというのは論理的にはおかしい。というより恋の特殊心理だろう。そういう特別の心理は非日常的なものだ。自身おかしいと思っていても、どうしても求めてしまう。自分の理性を超える、つまり取り憑かれているのだ。そういう外から襲って取り憑く力ゆえ、呪力と呼ぶのが適わしい。

4　村外婚

恋の通い路がずいぶん遠い場合がある。それは古代の婚姻が村外婚（男からみれば外の共同体の女との婚姻）であった可能性を示している。

山越えの恋

『万葉集を読みなおす』で「山越えの恋」という項目をたてたが、山を越えて女に逢いに行く歌が多くある。特に生駒《いこま》山越えの歌が数首あり、『伊勢物語』の筒井筒の段（23段）ともつながることを、前著では述べた。ここでは前著で引かなかった長歌を引いておく。

(U)そらみつ　倭《やまと》の国　1　―（そらみつ）大和の国

あをによし　奈良山越えて
山代の　管木《つつき》の原
ちはやぶる　宇治の渡《わたり》
滝《たぎ》つ屋の　阿後尼《あごね》の原を
千歳《ちとせ》に　闕《か》くる事なく
万歳《よろづよ》に　あり通はむと
山科《やましな》の　石田《いはた》の社《もり》の
すめ神に　幣帛《ぬさ》取り向けて
われは越え行く　相坂山《あふさかやま》を

〈万・13―三二三六〉

（あをによし）奈良山を越えて
山代の管木の原を通って
（ちはやぶる）宇治の渡〔を渡り〕
滝つ屋のある　阿後尼の原を
千年にわたるまで　欠けることなく
万年の後まで　通いつづけようと
山科の　石田の社の
すめ神に　幣帛を手向けて
わたしは越えて行く　相坂山を

(V)
あをによし　奈良山過ぎて
もののふの　宇治川渡り
少女《をとめ》らに　相坂山に
手向草《たむけくさ》　綵《ぬさ》取り置きて
吾妹子に　淡海の海の
沖つ波　来寄る浜辺を

（あをによし）奈良山を過ぎて
（もののふの）宇治川を渡り
（少女らに逢う）相坂山に
手向草として　綵を取り置いて
〔吾妹子に逢う〕淡海の海の
沖の波が　来寄せる浜辺を

くれくれと　独りそわが来る　7　心も暗く　ひとりでわたしは来る
妹が目を欲《ほ》り　8　あの人に逢いたくて
〈三二三七〉

反　歌

(W)相坂をうち出でて見れば　相坂山を越えて出てみると
淡海の海白《しら》木綿《ゆふ》花《はな》に波立ち渡る　淡海の海に白い木綿の花のように波が立ちつづけているよ
〈三二三八〉

三首組みのものである。(V)は(U)に対し「ある本の歌に曰はく」として載せられたもの。ということは、(U)と(V)は同じ歌と認定されていたことを示す。歌はここに示されているように、習作もないかわりに一首として固定していなかったことにも注意しておこう。(U)(V)ともに大和国の奈良山を越え、山代国と近江の境の相坂山を越えて、近江国へ恋人に逢いに行く道中をうたう。奈良山は大和国と山代国の境の山。大和にいる男が、山代を間にして近江国にいる恋人に逢いに行くのである。相坂山で幣帛を捧げたとあるが、奈良山でも、宇治の渡りでもそうしただろう。道中安全の祈願である。(U)の5「滝つ屋」を「急流に屋を設け祓をした所」と中西進『万葉集(三)』（講談社文庫）は注する。つまり霊威の強い場所である。このようにして列挙される土地は、すべて霊威の強い、つまり危険な場所で、そのつど幣帛を捧げないまでも、祈願をした。

(U)だけではどうしても近江まで通うのかはっきりしていないが、それはこの歌が旅の安全を願う歌だからである。〈巡行叙事〉の様式がよく出ていることからもそういえる。(V)の8でその目的が恋人に逢いに行くことだったとわかる。

(W)の反歌も土地讃めである。「うち出でて見れば」も〈巡行叙事〉で、本来は巡行した果てに神が見出したことを意味する。だから見出された土地が最高にすばらしいものとなる。ただし琵琶湖に立つ波を白木綿花のようだと美しく表出しているところが、表現として高度である。

大和国から近江国へ逢い引きに行くとすると一日がかりだろう。このような恋がどうして成り立つのだろうか。平城京に出仕する官人で、故郷が近江国なのかもしれない。

他国への妻訪い

神話としては、『古事記』に八千矛神が出雲国から越国《こし》（現在の新潟県）の沼河《ぬなかわ》姫に求婚に行く神謡がある。出雲国と越国とは日本海の海上交通で関係が深いらしい。神話ではこのようにスケールが大きくなるが、序の(F)で引いた〈13―三三一二〉の「隠口の泊瀬小国に／さ結婚に　わが来れば」も他国への妻訪いである。行政単位としての国ではなく、他の共同体を国といっている。もちろんこっちのほうが国本来の意味である。

(X)他国《ひとくに》に結婚《よばひ》に行きて　──　他国によばいに行って
大刀《たち》が緒もいまだ解《と》かねばさ夜ぞ明けにける　──　大刀の緒もまだ解かないのに夜が明けてしまっ

〈万・12—二九〇六〉——ただ

の他国は他の共同体のことだろう。わざわざやって来たのに、共寝しないうちに夜が明けてしまったと歎く。もちろん女を怨んだ歌である。「さ夜」はすばらしい夜、共寝すべき夜のこと。この場合はそんな夜なのに、わたしを迎えてくれないと非難している。あまり遠くまで来たので夜が明けてしまったであるはずがない。それでは喜劇だ。この(X)が八千矛神の「神語」謡に関係するとすれば、八千矛神は夜が明けてしまうと歎くのは女が迎え入れてくれないからだから、(X)もそうとれる。

求婚が名を問うことから始まることは序の1「古代の結婚の用語」で述べたが、それも村外婚を思わせる。そしてもし村外婚が一般的だとすれば、恋の通い路の困難をうたうものが多いことも説明できる。それでも(U)〜(W)などの遠さを、通婚圏がそうだったからといってよいのかどうかはわからない。ただ八千矛神の「神語」謡のような神婚の神謡があって、その表現に基づいて恋の歌があるとかんがえることは可能である。近くから通っても、わざわざ遠くから苦労して来た、それほどあなたがすばらしいから、それほどあなたに逢いたいからとうたう。そういうことかもしれない。

Ⅶ　共寝の姿

共寝のようすを具体的に表現するものはほとんどない。それは当り前といえばいえる。逢うまでの辛さと期待、そして別れの歎きと辛さが表現をもたらす。しかし、そういう歌のなかから、ある程度は共寝の姿を想定することはできる。その姿をみてみよう。

1　床

草の上で共寝をするなら、草が床《とこ》になる。しかし草を床という例はみられない。やはり小川光暘氏(『寝所と寝具の文化史』'73　雄山閣ブックス)のいうように床は屋内の逢い引きの場合である。共寝はかならず床の上でした。野の逢い引きのとき、標を結って特殊な空間を作ったのと同じである。床を敷けばそこが特殊な空間となった。

神牀

『古事記』崇神天皇条に、疾病が流行し、多くの人びとが死んだので、天皇は歎き「神牀《かむどこ》」で大物主神の託宣を夢に受けるという話がある。その部分が『日本書紀』崇神天皇七年二月条では「天皇、乃《すなは》ち沐浴斎戒して、殿《みあらか》の内を潔浄《きよまは》りて」とあり、この「神牀」が神のお告げを得るための特殊な場所だったことがはっきりする。

『古事記』には「神牀」の用例はもう一例ある。安康天皇が「神牀」で昼寝していて、皇后に、前の夫大日下《おおくさか》王を殺して皇后をえたことを、その子目弱《まよわ》王が知って、反逆するのではないかと気にしていると語り、それを目弱王が盗み聞きしてしまって、天皇を殺すという話である。天皇は神の側に属するから、昼に共寝してもよかったことにも注意しておこう。『日本霊異記』上巻の第1話にも、雄略天皇が后と大安殿で共寝していたところを小子部栖軽《ちいさこべすがる》にみつかる話があるが、これも昼間だろう。この『古事記』の記事では、皇后と共寝する所を「神牀」と呼んでいる。したがって天皇が眠る所を「神牀」といったことがわかる。天皇は神だから、「神牀」といったのである。そして「神牀」は神と交感する場所でもあったことになる。その意味で、やはり「神牀」は特殊な空間であった。

床の辺

Ⅰに引いた三輪山神婚神話の丹塗矢型でも、流れ来た丹塗矢をセヤタタラ姫が「床の辺」に置いたところ、美しい男になり共寝したとあるが、この型は多い。苧環型も、「床の前」に赤土《はに》を撒いて、針で男の着物の裾に糸をつけることになっており、『古事記』垂仁天皇条の天之日矛《あめのひぼこ》の話でも、新羅の王子天之日矛が太陽との神婚によって生まれた赤玉を手に入れ、その玉を「床の辺」に置くと、美しい女になり、その女と共寝したことがみえる。

これらのうち矢や玉を「床の辺」に置くと、それが美男や美女になったというのは、矢や玉が呪物であることをかんがえると、その矢や玉に神が依り憑き、その姿をあらわして、神婚するという幻想の存在をうかがわせる。この幻想は、旅にある男の無事を願う、

(A)草枕旅ゆく君を幸くあれと　　（草枕）旅をゆくあなたの御無事にと
　斎瓮《いはひべ》すゑつ吾が床の辺に　　斎瓮を据えました　わたしの床の辺に

　坂上郎女〈万・17―三九二七〉

のような歌の「床の辺」と通じている。神に祈願するのだが、同時に相手の魂を呼び寄せるのである。だから男は無事に帰って来られることになる。

床の隔て

苧環型の赤土を床の辺に撒《ま》くのは魔除けといわれるが、やはり結界を作るのだろう。他のものが入れないように、はっきりと床を区別するのである。

床の隔てとして薦《こも》を立てたらしい。

(B)多遅比野《たぢひの》に　寝むと知りせば　　多遅比野に　寝るとわかっていれば
　立薦《たちこも》も　持ちて来ましを　　立薦も　持って来たものを
　寝むと知りせば　　寝るとわかっていれば

という謡が『古事記』履中天皇条にある。その記事では、天皇の弟墨江中《すみのえのなかつ》王が皇位を奪おうと、天皇が宴会で酒を飲み寝てしまったとき、火を放つが、阿知直《あちのあたい》が天皇を助け出して、多遅比野（大阪府羽曳野市郡戸あたりという）に逃げて来たときの天皇の歌とするが、恋謡とみてさしつかえない。恋謡でなくともよいが、野で寝るときに立薦と呼ばれる防壁を設けたことが知られる。日本最古の辞書『和名類聚鈔』（平安中期成立）に「防壁多都古毛」とある。

(C)立薦の発《た》ちの騒きに
　あひ見てし妹が心は忘れせぬかも
〈万・20—四三五四〉

（立薦の）出発の騒ぎの中で
逢ったあの子の心は忘れられはしないよ

防人歌である。「立薦の」は「発つ」を喚び起こす枕詞の位置にあるから、その内容を具体的に知ることはできないが、旅に持っていくものだったのかもしれない。中西進『万葉集㈣』（'83　講談社文庫）は「野外の共寝に用いたか」と注する。

薦は水辺に群生する草で、蓆《むしろ》などを編んだ。立薦はその草で編んだ薦をつるしたものだろう。その薦で隔てをした。小菅でも作った。

(D)水門《みなと》の葦が中なる玉小菅《たまこすげ》
　刈り来わが背子床の隔《へだ》しに
〈万・14—三四四五〉

水辺の葦の中に生える美しい小菅を
刈りにいらっしゃい　わたしのあの人よ　床の隔てに

ふたりが共寝するその床の隔てにするために小菅を刈りに来いと誘っている。「隔し」は東国方言。やはり水辺の草である。「水門の葦の中なる」は、葦が特殊なものであることはすでに述べたが、葦の中にあるということで、小菅を特殊なものとして讃めている。もちろん水門も異郷と接触する特殊な場所だから、やはりそういう場所にある小菅を讃めることになる。このようにある物をいうとき、その所在からうたうのはその物を讃める〈叙事〉の様式である。

この菅で編んで作る床の隔てとは、立薦と同じに、床の周囲全体かどうかはわからないが、つるして他の場所と区別したものだろう。その床の隔ての内側の床の周囲が床の辺になる。

床の敷物

床は敷物を敷くことで示された。

(E)刈薦の一重を敷きてさ寝れども
　君とし寝れば寒けくもなし
〈万・11―二五二〇〉

刈薦の一重を敷いて共寝をしても
あなたと寝れば寒いことはないよ

これは刈った薦をそのまま敷いた例で、屋外の共寝かもしれない。共寝はかならず敷物を敷いたことを示す。先に述べたように、草刈りが共寝の比喩になりうるのも、刈った草を敷いて共寝したからと思われる。「さ寝」は充足する共寝のこと（岩崎良子「さ寝考」『上代文学』'83・4）。サが霊威溢れる状態を意味するから、本来は神婚をいった。

刈った薦を敷いたことは、『古事記』允恭天皇条の、

(F)うるはしと　さ寝しさ寝てば ―― すてきよと〔いって〕すばらしい共寝をしたのだから
　刈薦の　乱れば乱れ ―― 刈薦のように、乱れるなら乱れよ
　さ寝しさ寝てば ―― すばらしい共寝をしたのだから

からもいえる。軽太子と軽大娘の同母兄妹婚の禁忌の侵犯にかかわる話に、軽太子によってうたわれたとされる謡である。その話の内容から「刈薦の　乱れば乱れ」が、どのような騒ぎがおこってもよい（土橋寛『古代歌謡全注釈　古事記篇』'72　角川書店）のように解されているが、恋謡とみれば、敷物にした刈薦が共寝によって乱れた状態をいう。ちゃんと敷いて床を作ったにもかかわらず、乱れて床でなくなってしまったが、満ち足りた共寝をしたのだから、もうかまわないとうたっているのである。ついでに「うるはしと」は、Ⅰで述べた共寝の前のたがいの讃め合いをあらわしている。「うるはし」は三輪山神婚説話で、丹塗矢が「麗《うるは》しき壮士《をとこ》」になったり、苧環型で活玉依姫が「その容姿端正《かたちうるは》しかりき」ゆえに大物主に通じられたり、箸墓型で匣に入っていた蛇が「美麗《うるは》しき」といわれているように、最高の美しさ、神の美しさをいう。したがって「きみは最高に美しい」「あなたって、最高にすてきよ」といい合って、神婚をすることを示している。

(G)み吉野の水隈《みぐま》が菅を編まなくに ―― み吉野の水隈の菅を編まないのに

刈りのみ刈りて乱りてむとや　　刈るだけ刈って乱そうとするとはね

〈万・11―二八三七〉

も、菅でもって敷物も編まないうちに、その刈った菅を敷物として共寝して、乱してしまったことをうたっているとみるべきである。

ちゃんと敷物を敷いて床を作り、共寝した例もある。Ⅱで引いた『古事記』神武天皇条の、イスケヨリ姫との神婚を思い起こして神武がうたったとする、

(H)葦原の　しけしき小屋に　　葦原の　粗末な小屋に
菅畳　いやさや敷きて　　菅畳を　ひじょうに清浄に敷いて
我が二人寝し　　わたしたちふたりは寝たことだ

は、菅で編んだ畳で共寝したことを示す。

薦で編んだ敷物を蓆《むしろ》といった。

(I)独り寝と薦朽ちめやも　　ひとり寝をしているのだったら薦が朽ちるでしょうか
綾蓆《あやむしろ》緒になるまでに君をし待たむ　　綾蓆が破れて緒になるまであなたを待ちましょう

〈万・11―二五三八〉

これも薦を敷物にして寝ている。ほんとうは共寝すべき床にひとり寝をしている。男はちっとも訪れないので、その床もすり切れて緒になってしまうまで待とうという。薦が綾蓆といい換えられてい

る。この場合の綾は讃め詞で、すばらしい薦ということになる。

敷物は共寝のために敷くから、そのふたりに固有のものとなる。『古事記』允恭天皇条の、軽太子の物語りの一首、

(J)大君を　島にはぶらば
船あまり　い帰り来むぞ
わが畳斎《ゆ》め
言《こと》をこそ　畳といはめ
わが妻は斎め

大君を　島に追放しても
（船あまり）帰って来ようよ
わたしの畳を斎み慎んでいなさい
言葉でこそ　畳といおう
わたしの妻よ　斎み慎しんでいなさい

は、敷物が、男が旅にあるとき、女が斎み慎しんで守っているものだったことを示す。そうすることで、男の無事を保証するのである。このような床の敷物だから、当然、ふたりの逢い引きが始まるときに編まれるものであることは(G)でわかる。(G)はまだそうしないうちに共寝してしまったとうたっている。そしていったん共寝すると、その敷物にはふたりの霊が付着するとかんがえられた。だから、他の相手との共寝はもってのほかとなる。(G)からわかるように、基本的に女が刈って編んだように思える。そしてそれ以降も女が管理した。「夕には　床うち払ひ」といういい方があるが、共寝前には女がきれいに床を整えたのである。

2　枕

枕の意味

床には枕を置いたのも、われわれの世界と変わりない。枕を、頭を高くしたほうがよく眠れるというような効用から説明するのは、繰り返し批判しているように、なんでも功利的に事物をみる近代の俗悪な発想だ。

枕はマ・クラである。マは目（マナジリ＝目な尻、マナコ＝目な子、マツゲ＝目つ毛など、メの活用形）とみてもよいが、讃め詞の真《ま》ともかんがえられる。クラは岩座《イワクラ》などのクラで、神の降臨する場所を示す。蔵も、神の依り憑き霊威溢れる場所のことである。したがってマクラとは、目にかかわって神の降臨する場所、つまり夢見の場所か、神の依り憑くすばらしい場所か、どちらかになる。もちろんどちらでも同じだが、わたし自身は真座《マクラ》とかんがえている。神の意志を知るために夢見をするのは、どこの民族にも共通する。法隆寺の夢殿は神の意志をきくために夢を見る場所という西郷信綱氏の説（『古代人と夢』'72　平凡社選書）も納得できる。

目座説がもうひとつ説得力がないのは、目と座が直接結びつかないからである。夢座とか見座とかいうのならわかる。頭を載せるのが枕だから、それを目座というのはおかしい。神の意志は目で見、耳で聞き、鼻でかぎ、肌で感じるものだった。頭にはその目・耳・鼻とそろっている。マ行の語は、マが真や目、ミが美・御や海神のワタツミのミ（霊格をあらわす）や見るのミ、メが目、モが思ふのモというように、霊威の濃い語である。耳も御霊《みみ》だろう。だから、かならずしもマを目に限定しないほうがいい。

枕は神婚をする場所そのものを示しているとかんがえられるのである。それはやはり頭がほとんどの感覚が集中している部分で、それを載せるからだろう。ふたりがひとつの枕に頭を載せることが共寝の象徴だったといえばよいのかもしれない。共寝はふたりがひとつの枕に頭を載せることから始まるのである。実際の行為になれば、枕などむしろ邪魔ではないか。

枕の種類

枕にはいろいろの種類がある。

(K)夕されば床の辺去らぬ黄楊枕《つげまくら》　　夕方になると床の辺にいつもある黄楊枕よ
いつしかと汝《な》は主《ぬし》待ちがてに　　いつくるかとお前は主を待ちがてにしているのか
〈万・11—二五〇三〉

黄楊で作った枕である。枕が床にはかならず必要だったことがわかる。「主」つまり枕をする男を待っているが、すこしも訪れないとうたっている。

黄楊枕は木の枕だが、木枕も『万葉集』には三例ほどみられる。

(L)妹に恋ひわが泣く涙　　あの人に恋うて、わたしの泣く涙は
敷栲《しきたへ》の木枕《こまくら》通り袖さへ濡れぬ　　（敷栲の）木枕をつたって袖まで濡れてしまった
〈万・11―二五四九〉

(M)結ひし紐解かむ日遠み　　〔あなたが〕結んだ紐を解くような日が遠いので
敷栲のわが木枕は蘿生《こけむ》しにけり　　（敷栲の）わたしの木枕は苔が生えてしまった
〈万・11―二六三〇〉

(L)は、枕の下に袖が敷かれているわけではない。涙が枕に落ち流れて袖まで濡れてしまったというのである。枕が頭を載せるものだったことがはっきりわかる用例である。(M)は、旅かなにかで男は来られず、枕は使われないので苔が生えてしまったという。(K)とこの(M)から、枕が共寝のものだったことが知られる。(L)は、そういう枕でひとり寝をすることで、相手を呼び寄せようとしている。

(L)(M)は木枕で、材質の木はわからない。黄楊にかぎらず、さまざまな木が使われたのだろう。

(N)足柄《あしがり》の崖《まま》の小菅《こすげ》の菅枕《すがまくら》　　足柄の崖の小菅で作った菅枕をどうして枕にするのか
何故《あぜ》かまかさむ児ろせ手枕　　かわいい子よ　しなさい　わたしの手枕を
〈万・14―三三六九〉

(O)人言の繁きによりて　　人言がひどいからといって
まを薦の同じ枕は吾《あ》はまかじやも　　このすてきな薦の枕をわたしはあなたとともにしないこ

〈万・14—三四六四〉　—　とがあろうか

(N)は菅で作った枕の例、(O)は薦で作った枕。矢野憲一氏によれば、「スゲは名の通りすがすがしく、さらりとべたつかない。コモはスゲより柔らかくしなやかだが湿気をおびやすく汗をかくと少々べたつくだろう」(『枕の文化史』'85　講談社)という。矢野氏は、これらの枕を菅や薦を束ねて縛ったものと推定している。

(N)は、「足柄の崖の小菅の菅枕」とは、人の寄りつけない場所、つまり神の空間に生える菅で作った枕ということで、枕を讃めている。しかしそういう枕よりも、わたしの手枕のほうがいいよと女を誘う。(O)は、枕が共寝するふたりにとって固有のものであることを示す例である。

菅も薦も草であるが、旅にかかる枕詞とされる「草枕」もある。矢野氏が推定するように、これも草を束ねて枕にしたものだろう。黄楊枕—木枕、菅枕・薦枕—草枕という対応は、草枕がたんなる比喩や枕詞でないことを思わせよう。

石の枕もある。

(P)わが恋ふる丹《に》の穂《ほ》の面《おもわ》
今夕《こよひ》もか天の川原に石枕《いはまくら》まく
〈万・10—二〇〇三〉

わたしの恋うる美しい赤い顔の人は
今夕もあの天の川の川原で石枕を枕にしているのだろうか

七夕の歌である。かといって、天の川に推量される逢い引きはこの世のものと通じている。七夕が中国の神話だとしても、それが古代日本でこれだけ流行したのは、一年に一度の逢い引きという話が、一夜かぎりの共寝という古来の神婚と重ねられるからである。

「丹の穂の面」は、「赤ら嬢子《をとめ》」（『古事記』応神天皇条）といういい方もあるように、乙女を讃めたいい方である。もちろん頰が赤いのがいいわけで、頰紅をつけるのも、そのためである。「丹の穂」というのは、その赤のしるしがあらわれているということで、神に気に入られている女、つまり最高に美しい女を表現する。女がぽっと頰を染めるのは、秘めた想いが外にあらわれるわけで、心のうちに隠された想いとは人にみえないもの、つまり特殊なもの、神のものである。しかも、そのような想いは説明不可能なものだから、外から依り憑いたとかんがえられていた。そこでその想いが外にあらわれるのは、神のしるしとなる。

石枕は古墳時代ごろのものが現存しているという（矢野氏、前掲書）。矢野氏はもとは「勾玉を紐で結んで送葬儀礼に用いた」とかんがえているが、どうだろうか。あまり特定の儀礼を推定して、性格を決めつけないほうがいい。だいたいにおいて、意味づけをするのは近代の側の論理で、意味は多様にあった。魂鎮めも魂振りも、大差なかった。

膝枕

先に『古事記』允恭天皇条の目弱王の話で、允恭が昼間皇后の膝枕をしている例を引いたが、膝を枕にするのも逢い引きの場面である。

Ⓠ如何《いか》にあらむ日の時にかも　　どんな日の時にだろうか
声知らむ人の膝の上わが枕かむ　　声を知るような人の膝の上にわたしが枕するのは
大伴旅人〈万・5―八一〇〉

Ⓡうち日さす宮のわが背は　　日がさし輝く宮のわたしのあなたは
倭女《やまとめ》の膝まくごとに吾を忘らすな　　大和の女の膝を枕にするたびにわたしをお忘れなさいます
〈万・14―三四五七〉　　な

Ⓠは、膝枕が親密さを示す表現になっている。Ⓡは東歌で、東の女が都へ帰る男に、都の女の膝枕をしても、そのたびにわたしを思い出してくれとうたっている。あわれといえばあわれだが、むしろ戯《ざ》れ歌だろう。

允恭と皇后の場合、皇后の子の目弱王の話をするが、それを盗み聴きするまで目弱王は父が允恭に殺されたことを知らなかったわけで、膝枕でするのは人に聞かれてはまずい話、秘密の話であることがわかる。膝枕の状態は、そういう他の誰にもしない話をすることが許されたのである。この場合は、共寝に適わしい話とはいい難いが、いわゆる共寝の後の睦言をするのが膝枕の状態といってよいだろう。Ⓡは、あの女ともこうして睦言を交わしたと思い出して欲しいと、それこそ膝枕で男にうたいかけているのである。共寝の後でなければならない。Ⓠが「声知らむ人」といっているのも膝枕が睦言を交わす場面であることをよく示す。

手枕

(N)で、菅枕よりわたしの手枕のほうがよいとうたわれているように、共寝では手枕をした。

(S)遠妻と手枕《たまくら》交《か》へてさ寝る夜は　――　遠い妻と手枕を交わして共寝する夜は
鶏《とり》が音《ね》な鳴き明けば明けぬとも　――　鶏よ鳴くな　夜が明けるなら明けたとしても
〈万・10―二〇二一〉

「遠妻」は遠くにいる妻で、めったに逢うことはできない。だからたまに逢えた夜なのだから、夜明けを告げる鶏に鳴くなといっている。逢い引きが鳥の鳴き声で終わることを示すが、「明けば明けぬとも」がおもしろい。共寝は三輪山神婚説話の箸墓型がはっきり示すように、相手の顔も見えない暗闇でする。また苧環型が示すように閉じ籠った空間でする。だから夜が明けても、部屋が明るくなるわけではないと基本的にかんがえてよい。鳥の声によって夜明けが告げられるというのは、そういう閉じられた空間に、音によって時間の推移が知らされることを意味している。「朝戸開け」も、その閉じられた空間を開くことを示すのは、先に述べた。したがって(S)は鶏が鳴かなければ、たとえ普通の時間の流れとして夜明けになっても、逢い引きの空間ではまだ夜であることになるのである。

(T)天雲の寄り合ひのきはみ　――　天雲が寄り合う果てのように
逢はずとも異手枕《ことたまくら》をわれまかめやも　――　いつまでも逢えなくとも　他の手枕をわたしが枕にしましょうか
〈万・11―二四五一〉

枕がふたりに固有のように、手枕も固有である。他の相手の手枕をすることはないと誓っている。手枕とは腕に頭を載せることだろう。『古事記』仁徳天皇条に、次のような謡がある。

(U)つぎねふ　山代女《やましろめ》の
木鍬《こくは》もち　打ちし大根《おほね》
根白《ねじろ》の　白腕《しろただむき》
まかずけばこそ
知らずともいはめ

（つぎねふ）山代女が
木鍬でもって　作った大根
〔その大根の〕根が白いように白い腕を
枕としなかったならばこそ
知らないともいえよう

二行目までは、その物が生産されるようになって、この世が豊かになった起源の神授の生産過程の〈生産叙事〉の様式で、大根の根の白さが最高にすばらしいものであることを表現している。だから女の白い腕の比喩になりうる。白い腕を枕とすることがみえるが、これが手枕だろう。つまり素肌の腕を枕とすることを手枕というのだろう。後にふれる「袖を交ふ」との相違である。

儀礼としての手枕

手枕を交うのは共寝を意味した。しかし、たがいに手枕をして実際の行為をしつづけるわけではないだろう。平安朝のものだが、『医心方』という医書があり、その「房内篇」には、いまでいうさまざまの体位が書かれている。手枕を交わすにはたがいに横向きに寝ていなければならないが、実際の行為はそんなに限定されるはずがない。とすると、なぜ手枕なり枕なりがうたわれるのだろうか。かんがえうる理由は唯ひとつしかない。具体的な行為に入る前の儀式的なものとして手枕を交わしたり、ひとつ枕にふたりで頭を載せたりするということである。

繰り返し述べているように、性行為は男女という異なる存在が合体する不可思議な行為だから、そこに到る前に一定の手続きが必要なのである。現在の結婚式の儀礼のようなものとかんがえればよい。共寝前の儀礼はⅠでイザナキ・イザナミの神婚を引いて述べた。相手を讃め合うのもそうだ。手枕を交わし合うのも、そういう手続きであるとかんがえられる。われわれだって、よっぽどの慣れあった関係でないかぎり、そこに到るまでの過程をふむ。ただわれわれには、誰でもに共通する定まった手続きがないだけだ。

ひとり寝の枕

枕が共寝を象徴するなら、ひとり寝の枕とはわびしいものだ。

(Ⅴ)逢はずともわれは怨《うら》みじ
　この枕われと思ひてまきてさ寝ませ
　〈万・11—二六二九〉

逢わなくともわたしは怨みますまい
　この枕をわたしと思って抱いて寝てください

旅に行くかなにかで逢えなくなる状況になり、男が女に、この共寝した枕を自分と思って抱いて寝てくれといっている。そこに頭をつければ魂が付着するから、そういうことも可能なのである。

(W)玉主《たまもり》に玉は授けて
かつがつも枕とわれはいざ二人寝む
大伴坂上郎女〈万・4―六五二〉

玉守に玉は授けて
ともかくも枕とわたしは　さあふたりで寝よう

「玉主」が不明だが、おそらく自分をそう呼んでいる。相手の男が自分に魂をあずけたのだろう。枕にあずけたのかもしれない。そうすると、枕との共寝を「いざ二人寝む」といえる。

これら二首とも、男と共寝した枕と寝ることで相手の魂を守ることになるわけで、相手の安全が保持されることにもなっている。床の場合と同じである。枕も女の管理するものだったのである。

3　衣

共寝の具体的な姿はほとんどわかるわけではない。裸になったのかどうかも定かではない。ただ共寝にかんして衣がうたわれてはいる。そのようなところから、想定してみるよりしかたない。

袖を交う

手枕を交わし合うことは述べたが、袖を交わし合いもした。

大伴家持の坂上大嬢に贈った歌に、「妹とわれ　手携《てたづさ》はりて／朝《あした》には　庭に出で立ち／夕《ゆふべ》には　床うち払ひ／白栲の　袖さし交へて／さ寝し夜や　常にありける」（8―一六二九）とあり、袖をさし交わして共寝したことがみえる。

(X)あらたまの年はは つれど　　（あらたまの）年は終わったが
敷栲の袖交へし子を忘れて思へや　　（敷栲の）袖を交わしたあの子を忘れて思うことがあろう
〈万・11―二四一〇〉　　か

もある。たがいに袖を敷き合ったのである。その意味では手枕を交わすのと似ている。

(Y)妹が袖われ枕《まくら》かむ　　あの人の袖をわたしは枕としよう
川の瀬に霧立ち渡れさ夜更《ふ》けぬとに　　川の瀬に霧よ立ち渡れ　夜が更けないうちに
大伴家持〈万・19―四一六三〉

と、袖を交わすことを枕にするという例もある。

袖を交わすというかぎり、着物は着ていた可能性もある。しかしそれでは、手枕と違って窮屈である。ということは、袖は脱いでいるとみたほうがよい。

(Z)白栲の袖解《と》き交へて　　白栲の袖を脱ぎ交わして
還り来む月日を数《よ》みて行きて来ましを　　帰って来る月日を数えて行って来ればよかったのに
丹比真人《たぢひのまひと》笠麿〈4―五一〇〉

「袖解き交へて」はおたがいに袖を脱がせ合うことだろう。共寝の習俗として貴重な例である。しかし衣を着ていたとすると、片方の袖だけ脱いでいたことになる。これはどうも不自然である。

小川光暘氏は「ふたりとも上衣を脱いで、双方の袖と袖とを片方ずつ敷き合わせて寝た」(『寝所と寝具の文化史』)と推定している。その場合、もう一方の袖はたがいにかけ合うことになる。たしかにそのほうがわかりやすい。

着物を着たままの睡眠を「丸寝」という。

(a)旅にすら襟《ひも》解くものを
言繁み丸寝《まろね》われはす長きこの夜を
〈万・10—二三〇五〉

旅にすら衣を解くものなのに
噂が多いからと丸寝をわたしはする　長いこの夜を

のように、衣服を脱がずに寝るのを「丸寝」という。共寝は衣服を脱いだ。逆に共寝できないことを「丸寝」といった。といっても、丸裸になったわけではない。

(b)韓衣裾《からころもすそ》のうち交へ逢はねども
異《け》しき心を吾が思はなくに
〈万・14—三四八二〉

韓衣の裾を交わし合って逢うことはしないけれど
他《あだ》し心をわたしは思うわけではないことよ

という例もある。韓衣は讃め詞とみるべきだろう。いまと同じに舶来品はすばらしいという幻想があった。「裾をうち交へ」は次の「逢は」と繰り返し、つまり同じことをあらわしている。袖を交わすのが上半身なのに対し、裾を交わすのは下半身の状態をいう。裸になったわけではない。といって、着物を着たままというのも不自然な気がする。おそらくこれはあくまで具体的な行為の前の儀式的な

場面だろう。実際にはどうだったかはわからない。ただ、

(c)白栲の手本寛《たもとゆた》けく　　白栲の手本をゆったりと
人の寝る味寝《うまい》は寝ずや恋ひわたりなむ　　人が寝るすばらしい眠りもできずに恋いつづけるのだ
〈万・12—二九六三〉　　ろうか

のような例もある。手本がゆったり楽になったというのだから、裸になった可能性もあるが、やはり小川氏のいうように上衣を脱いだとかんがえたほうがいいかもしれない。

下紐を解く

共寝には下着の紐を解いた。別れるとき、たがいの下紐を結び合う習俗は知られているが、逢ったときにも下紐をたがいに解き合ったらしい。

(d)真薦刈る大野川原の水隠《みごも》りに　　真薦を刈る大野河原の水が隠《こも》っているように
恋ひ来し妹が紐解くわれは　　心に隠《かく》して恋うて来たあの人の下紐を解くよ　わたしは
〈万・11—二七〇三〉

(e)高麗錦《こまにしき》紐解き交《かは》し

天人《あまひと》の妻問ふ夕ぞわれも思はむ

〈万・10—二〇九〇〉

高麗錦の紐を解き合って

天人が妻問いをする夕であるよ　わたしもあのひとの姿を思い浮かべよう

が相手が下紐を解いたことを教えてくれる。(d)は、三句まではいわゆる序詞。大野河原の水が隠って

いるように、表に出さず胸のうちに隠して恋して来た恋人の下紐をようやく解くことができると歓喜している歌である。(e)は、七夕の織女・彦星の逢う瀬だが、紐を解き合ったことの知られる唯ひとつの例である。おそらく、この歌のように、下紐はたがいに解き合ったものと思われる。

『万葉集』で多いのは、自然に下紐が解ける場合と、自ら解くことによって相手を呼び寄せようとする場合である。

(f)ゆゑもなくわが下紐を解けしめて
　人にな知らせ直《ただ》に逢ふまで
〈万・11―二四一三〉

理由もなく自然にわたしの下紐を解かせて
人に知られないようにしてください　直接お逢いするまで

(g)吾妹子し吾を偲《しの》ふらし
　草枕旅の丸寝に下紐解けぬ
〈万・12―三一四五〉

わたしのあの人がわたしを想っているらしい
(草枕)旅の丸寝に下紐が解けたことよ

(h)眉根掻き鼻ひ紐解け待つらむか
　何時《いつ》かも見むと思へるわれを
〈万・11―二四〇八〉

眉を掻きくしゃみをし　下紐を解いて待っているだろうか
早く逢いたいと思っているわたしを

(i)人に見ゆる表《うへ》は結びて
　人の見ぬ裏紐《したびも》あけて恋ふる日ぞ多き

人に見える表の紐は結び
人に見えない裏の紐は解いて恋いする日が多いことよ

〈万・12―二八五一〉――

(f)(g)が自然に解ける例。(g)から、下紐が自然に解けるのは故郷の恋人が自分のことを想っているからとかんがえていたことが知られる。それは旅立つときに、というより共寝の後、その女が下紐を結んで魂をこめたことと対応している。女は自分のもとへふたたび戻って来るようにと下紐を結ぶ。だからその紐を解くのは、その結んだ女の権利だった。(f)は、女の側の下紐が解ける例だが、男の意志で解けているとうたっている。「解けしめて」は使役になっている。「ゆゑもなく」は今夜逢いに行くとか、そういうはっきりした理由もなく、の意。いつも下紐が解ける、というより緩んでしまうのである。

(h)(i)は、自分の意志で解いて、相手を呼び寄せようとする例。(h)は、後の「恋の呪術」でふれるが、眉根を掻くのも、くしゃみをするのも、相手を呼び寄せる呪術である。下紐を解くのもそうなる。結んでいるのは閉じられ籠められた状態だから、解くのはその隠りから開かれた状態になり、強い呪力を発揮するのだろう。

(i)は紐には二種類あり、表の紐は人に見え、裏紐は見えないことがわかる。小川安朗氏は「衣の前身ごろの裏で、そこにつけた短い紐と、そこに合わせられる衽《えり》の端につけた短い紐とを結び合わせて閉じる」方式の合わせ方の例として、この(i)をあげている（『万葉集の服飾文化　下』）。

紐を結ぶ

解いた下紐は別れるときに結び合った。

(j)二人して結びし紐を
一人してわれは解き見じ直に逢ふまでは
〈万・12―二九一九〉

ふたりでもって結び合った紐を
ひとりでもってわたしは解いてみるまい　直接逢うまでは

この場合、自分の下紐をふたりで結んだようにもみえるが、そうではなく、本来下紐はふたりそろって結び合うものだったことを示している。

相手の下紐を結ぶ例は、

(k)吾妹子が結ひてし紐を解かめやも
絶えば絶ゆとも直に逢ふまでに
〈万・9―一七八九〉

わたしのあの人が結んだ紐を解くだろうか
切れるなら切れたとても　直接逢うまでは

などみられる。いわば自分で解くのは禁忌だった。それはふたりの関係の持続を保証するものだったからである。

(l)白栲の君が下紐われさへに
今日結びてな逢はむ日のため
〈万・12―三一八一〉

白栲のあなたの下紐を
わたしもいっしょに今日結ぼう　また逢うだろう日のために

下紐を結び合うのが、ふたたび逢うためだったことが知られる歌である。

下着を与える

これも別れのときだが、女は下着を男に与えたらしい。

(m)吾妹子が下にも着よと贈りたる
　衣の紐を吾解かめやも
　　〈万・15―三五八五〉

わたしのあの人が下に着なさいとくれた
　衣の紐をわたしは解こうか

下に着るとは下着にする、つまり肌につけることだろう。いったん着たものは、その人の魂が付着している。だから与える側も、めったな人には与えられない。そういう衣を下着にするのは、いつもいっしょにいるのと同じことになる。機織り、裁縫は女の領分だから、新しく縫った衣を男に与えた。

(n)足玉も手玉もゆらに織る機《はた》を
　君が御衣《みけし》に縫ひ堪《あ》へむかも
　　〈万・10―二〇六五〉

足玉も手玉もゆらして織る布を
　あの人の御衣に縫うことができるだろうか

「足玉も手玉もゆらに織る」とは神女の機織りの姿である。七夕の歌だからそれでよい。現在は機織りしている。その織った布で男の衣物を縫おうというのである。逢い引きのときまでに間に合うかしらという趣向である。

染色も女の領分である。

(o)色深く背なが衣は染めましを
御坂《みさか》たばらばま清《さや》かに見む
物部刀自売《とじめ》〈万・20―四四二四〉

色濃くあの人の衣は染めればよかったのに
御坂を越えさせていただくときに〔あの人の姿を〕鮮やかに
見よう

「御坂たばらば」は境界（坂）をそこにいる神に越えさせてもらうということ。「ま清か」は、マがいわゆる接頭語で、最高の状態を示すから、ひじょうに美しく鮮やかにという感じ。色を濃く染めておけば、旅に行くあの人の姿がよく見えたのにとうたっている。もちろんこれは上衣である。

下紐も女が縫いつけた。

(p)わが妹子がしぬひにせよと着けし紐
糸になるとも吾は解かじとよ
朝倉益人〈20―四四〇五〉

わたしのあの人が思い出すよすがにせよとつけた紐が
糸になったとしてもわたしは解くまいよ

帯

順番が後になったが、上にしている帯も解き合い、結び合うものだった。

(q)紫の帯の結びも解きも見ず
もとなや妹に恋ひ渡りなむ
〈万・12―二九七四〉

紫の帯の結びを解いてもみないで
心細くもあの人に恋いつづけるのだろうか

これは男が女の帯を解きたいとうたった例。もちろん紐と同じで、共寝を意味している。

(r)一重のみ妹が結ばむ帯をすら　　一重だけあの人が結ぶだろう帯でさえ
三重結ぶべくわが身はなりぬ　　三重に結ぶぐらいにわたしの身はなってしまった
大伴家持〈万・4―七四二〉

恋人に逢えないで、痩せてしまったという内容である。女が男の帯を結んだことが知られる。また、帯も紐と同じように、恋人が結んだのなら解いてはいけなかったようだ。

(s)わが背なを筑紫へ遣《や》りて　　わたしのあの人を筑紫へ遣って
愛《うつく》しみ帯は解かななあやにかも寝も　　いとしいので帯は解かないであやしくも寝ることだ
服部呰女《はとりべのあさめ》〈万・20―四四二二〉

帯を解かないのは丸寝である。下紐を解かないのは、上着は脱ぐからそれなりにくつろいだ姿になるが、帯を解かなければ、いわばゴロ寝で、仮眠をとる状態である。ふたりで過ごさねばならない夜をひとり寝するという特殊な状態の過ごし方とみるべきだろう。もちろん、自分の身を守ると同時に、相手の身（魂）も守るのである。

4　共寝の姿

共寝の姿と歌

共寝の姿というタイトルをたてて『万葉集』の歌をみてきたが、そこから導かれるのは、共寝の具体的な行為についてはすこしもわからないということである。それは当然といえばいえるかもしれないが、エロティックな雰囲気の歌もほとんどないし、乳房をうたったものさえない。これはむしろ異常といえるほどだ。中世初期の歌謡集『梁塵秘抄』には、男の性器そのものをうたった謡も、共寝のエロティックな雰囲気を出した謡もある。民間に伝えられる祭りや民謡には性の活力をもったものが多い。それがみられないということは、なによりもまず庶民の素朴な生活感情に根差した歌が収められた歌集として『万葉集』をみる見方の誤りであることを示している。そして次に、歌はきわめて様式的なもので、性器や性行為の具体性はうたってはならないものであったことを示している。それは歌が〈共同性〉に深くかかわるものであったからだろう。恋でいえば、共寝に到る手続きだけをうたうものであり、その手続きと歌との結びつきが濃かったのである。

これは平安期の物語や日記類とも通底している。恋愛を主題にしているといってもよいぐらいに恋のことばかり描きながら、具体的な描写はほとんどない。恋愛が個別性としてではなく、様式として描かれているからだ。仏教説話集である『日本霊異記』にはそれらの話が描かれている。吉祥天女の像に恋し、その願いが夢でかなえられて、翌朝みると、像の裾が精液で汚れていた話（中巻13話）、母が愛欲でもって子のものを口に含む話（中巻41話）、野中の堂に女たちが集まって写経しているとき、情欲が起こった経師がある女の裳をあげて後から交合してしまう話（下巻18話）など、きわめてエロティックではないか。『日本霊異記』は説教の台本といわれる（関山和夫『説教の歴史』'78　岩波新書）が、もしそうだとすると、仏教の布教にこのようなエロティックな話が語られていたことになる。性の話は世界的に普遍的で、人びとに受け容れられやすいものだからだ。

すると歌はそれらの具体性を排除して成り立っているといわざるをえない。繰り返しになるが、歌は恋の様式、つまり〈共同性〉としての恋に深くかかわるものだったからとしか、その理由をかんがえられない。恋のこういう場合ではこういう歌を詠むという様式があったのである。

共寝の手続き

これまで述べてきた共寝に到る様式を、順を追ってまとめておこう。屋内の場合、女は床を整えて待ち、男が訪れる。たがいに相手を讃め合う。まず帯を解き合い、次にたがいの袖を脱がし合う。ひとつ枕に頭を載せ、横向きに向き合って腕を交わして臥す。手枕を交わし合ってもよい。たがいの下紐を解き合う。という順序の手続きをふんで、その後具体的な行為になる。

この順はおそらく共寝するふたりがかならずしなければならないものであった。なぜなら、性行為は特殊なもの、神の側のものだからだ。共同体的にいえば、共寝は子を生産するという不可思議なものだし、個体にとっては、特別な気持をもたらす神秘的なものである。そして男女の絶対的な性差を超えさせる不可思議なものでもあった。そういう行為に入るには、そこへ到るまでのそれなりの手続きが必要なのである。

そして歌は、その手続き部分をうたっているものであることに注意しなければならない。『万葉集』における歌は、特に恋の歌でいえば、相手に逢えない状態で、逢えるように願っているものがほとんどである。それは、歌が逢えることを可能にする呪力をもっているとかんがえられていたことを示している。つまり逢い引きに到る手続きとして、恋の歌はあるとかんがえるべきである。遠くにいる場合、逢いに行く場合、逢ったとき、別れるときなど、そのつど歌がうたわれた。いうなれば儀礼的なもの、〈共同性〉だったのである。

しかし儀礼的なものは、形式的で内容がないということではない。文化の様式である。食事をするときにわれわれ日本人が箸を使うようなものだ。あるいは家に入るには靴を脱ぐようなものだ。それらにはそれらの意味がある。食物はそれを食べた者に活力を与える呪力の強いものだから、直接触れてはならず、ハシ（橋と同義。異郷とつなげるもの）を用いた、というように。だから逢い引きという非日常的なものも、日常の状態からそこへ到るまでにさまざまの儀礼があったのである。

Ⅷ　恋の呪術

歌自体が呪術的なものなのだが、恋人同志は逢うためのさまざまの呪術を行なった。それは基本的に、恋愛自体が魂の行為とかんがえられていたからにほかならない。恋の呪術とは、魂を呼ぶ行為である。そして大人は、むしろ夜はふたりで共寝することが自然の状態とされていた。あるいはⅠのスム（住む）で述べたように、ふたりでいることが生きていく根拠だった。したがってひとり寝は危険な状態だったのである。それゆえ離れているふたりはたがいの魂を交感させねばならなかった。そうすることでたがいの魂の安定をえた。その意味でも恋の呪術は必要なものだったのである。

1　卜　占

タト

妻訪いでは、男が訪れていっても逢えない場合もあれば、また女が逢いたくても男が訪れない場合もある。そこで占いをした。

(A)夕占《ゆふけ》にも今夜《こよひ》と告《の》らろ　　夕占にも今夜逢えると告げた
わが背なは何《あぜ》そも今夜よしろ来まさぬ　　わたしのあの人はなぜ今夜も　ええ　いらっしゃらないのか
〈万・14—三四六九〉

夕卜にも、今夜逢えると占いが出たという。われわれが想像しているほどしょっちゅう逢えるわけではなかったことが想像される。そして逢えるか逢えないかの占いをしていたことが知られる。この場合は夕卜である。

夕卜は、中世の資料になるが、『二中歴』の「呪術歴」に「夕食問時誦《ゆうけとうときのじゆ》」として

布奈止左倍由不介乃加美爾毛乃止八々《ふなとさへゆふけのかみにものとはば》　　道祖塞《ふなとさへ》夕卜の神にもの問はば
美知由久比止与宇良末左爾世与《みちゆくひとようらまさにせよ》　　道行く人よ占正《うらまさ》にせよ

という誦文歌《じゆもんか》（呪文歌）があげられ、その後に、

説に云ふ、三度この歌を誦し、堺を作り、米を散《ま》き、櫛歯を鳴らすこと三たび、後、堺の内に来たる人、また屋内人の言語を聞きて、吉凶を知る。

という呪術のやり方が記されている。夕方、道に出て、夕卜の誦文歌を三度唱え、堺を作り、その周囲に米を撒《ま》いて邪霊を祓い、櫛の歯を三回鳴らして神を呼び、道行く人でその堺の中に入って来る者のことばによって占うという。

古代でもこうしていたかどうかはわからないが、

(B)言霊《ことだま》の八十《やそ》の衢《ちまた》に夕占問ひ　言霊の満ちた八十の衢に夕占を問うて
占正《うらまさ》に告る妹はあひ寄らむ　占いはちゃんと出た　あの人は私になびくだろうと
〈万・11―二五〇六〉

があり、道の辻で行なうことがわかる。しかも「言霊の八十の衢」といっているから、ほうぼうから人がやって来る衢は言霊が満ちているとかんがえられていた。それは異郷からやって来る異人とでもかんがえればわかりやすい。その異人のことばで夕卜したのである。『二中歴』の夕卜の呪法も、古代で行なわれていた可能性がある。異なるとしても大差ないだろう。ただ、

(C)逢はなくに夕占を問ふと　逢えないので夕占を問うと
幣《ぬさ》に置くわが衣手《ころもで》は又そ続《つ》ぐべき　幣に置いたわたしの袖の切れはしは又継ぐことができると
〈万・11―二六二五〉　でた

の例があり、着ている衣の袖を切って幣にしたらしいことが知られる。他に衣の袖を切って幣にする例がないので確定できないが、自分の着ているものには自分の魂が付着しているわけで、それを幣にして奉げるのはよっぽどである。どうも特別のように思える。だから「又そ続ぐべき」といっているのではないか。もちろんこの句には、思う人との間を続けていけるだろうかという気持が重ねられている。それを衣手を継ぐといっているのは、共寝が袖を交わし合ってするものだからだ。

神に祈るのだから幣を捧げる。その対象の神は、『二中歴』の誦文歌にうたわれている道祖神、塞

の神という道の神である。その道の神と夕卜の神が並べられている。夕卜の神とは、(B)でいえば八十の衢にいる言霊だろう。つまりことばの神である。夕方、見知らぬ通りがかりの者、つまり異郷の者がなにをいうかで占う。その者のことばは、人が発しているのではなく、ことばの神がいわせているとかんがえるのである。占いは神の意志がきくことだから、それで占いになる。それを(B)では「占正に告る」といっている。この「正」は真実という意味である。

(A)は今夜逢えるかどうか、(B)はあの人が自分を想っているかどうかと二者択一的な占いである。だから夕卜の占いは単純なものだろう。『二中歴』では吉凶を占うとある。良いか悪いかである。

夕卜は門の外でもした。

(D)青丹よし　奈良の吾家に
ぬえ鳥の　うら嘆《な》けしつつ
下恋ひに　思ひうらぶれ
門に立ち　夕占問ひつつ
吾を待つと　寝《な》すらむ妹を
逢ひて早見む
大伴家持〈万・17―三九七八〉

（青丹よし）奈良の我家に
ぬえ鳥のように　心の内で嘆きつつ
心の奥底で　思いうらぶれ
門に立ち　夕占をして
わたしを待つと　ひとり寝しているだろう妻を
早く逢いたい

長い歌なので最後の部分だけ引いた。大伴家持は越中にいる。京にいる恋人（妻）を想う歌である。

ほんとうに京に妻を残して赴任したかどうかはわからない。旅ではこううたうものだったとかんがえたほうがよい。特に家持は古典主義者で、古風の歌を自分も作ってみることを目的として歌作していたから、すぐ家持の人生を歌から想定してしまうのは危険である。しかし故郷には、なんらかのかたちで自分の旅の無事を祈願している女はいたわけで、そのかぎりでそれを恋人（妻）とみれば、彼女は故郷にいるとみられる。その故郷の恋人（妻）は門に出て、そこを通る人のことばで夕トをした。門は家と外界の出入口だから、そこでも夕トはできたのである。

占いは神の意志を問うことで、それが告げたことは真実のはずである。しかし(A)のように夕トに今夜は逢えると出ながら、実際には恋人が来ない場合もある。

(E)夕ト《ゆふけ》にも占《うら》にも告れる
　今夜だに来まさぬ君を何時とか待たむ
　　〈万・11—二六一三〉

夕占にも占にも出た
今夜さえいらっしゃらないあなたを　いついらっしゃると待てばいいのでしょうか

この歌も(A)と通じている。夕トだけでなく他の占いもやったのだろう。夕トがはずれることがあったので、他の占いもやって確かめたとみればよい。そうしたら、それも今夜訪れると出た。それなのに男はやって来ない。これではもう来ることを期待できないと男を恨んでいる歌である。

占いがはずれれば、それを信じなくなるかというとそうではない。沖縄で、ユタに占いをしてもらう必要が生じた場合、いく人かのユタに占ってもらう。その判断が異なっていてもかまわない。そのうちどれかが当たればよいのである。それだけ神意をきくのは難しいことなのである。占いを信じるかどうかは、占いが当たらなかったという体験とは別の次元の問題だからである。世界観の問題である。神によってこの世の秩序が与えられているという世界観をもっているかぎり、占いのはずれるのは技術的な問題や、占いをする者の人格的な問題になる。やり方をきちんとしなかったとか、神の意志に従わないとかいうように。

そして(A)や(E)のように、相手の問題になる。男は来るように神意は動いているのに、それに逆らっている。だから相手を非難できる。

足占

足占という占いもある。どういうものかはよくはわからない。『万葉集』には次の二例がみられる。

(F)月夜には門に出で立ち
　夕占問ひ足卜《あうら》をそせし行かまくを欲《ほ》り
〈万・4—七三六〉

月夜には門に出て立って
夕占を問い足占をしたことだ　あなたのもとへ行きたくて

(G)月夜よみ門に出で立ち
　足占《あうら》してゆく時さへや妹に逢はざらむ
〈万・12—三〇〇六〉

月のすばらしい夜なので門に出て立ち
足占をして訪ねて行くときまでもあなたに逢えないのでしょうか

(F)は夕卜をし足占をしと、いくつかの占いをした例である。(G)は月夜の逢い引きの例にもなる。そしてまた男が訪れたとしても、女が逢うとはかぎらない例にもなる。

足占の例は『日本書紀』神代の海幸山幸の神話で、山幸に服属を誓う海幸の動作にもみられる。「足を挙《あ》げて踏行《ふ》みて、その溺苦《くるし》びし状《かたち》を学《なら》ふ。初め潮、足に漬《つ》く時には、足占をす。膝に至る時には足を挙ぐ。股《もも》に至る時には走り廻る。……」というように、山幸の呪術でしだいに水に溺れ苦しんでいくさまが語られる。この例から、日本古典文学大系『日本書紀』は、「足占をする場合には、爪先立ちをしたのであろう」と推量している。占いをしたのではなく、足占のときの動作をした。しかし、それもやはり自分の意志を超えた力に動かされている。

近世末期の学者伴信友は『正卜考』で、「俗に童子などのする趣にて、まづ歩きて踏止《ふみとま》るべき標を定めおきて、さて吉凶の辞《ことば》をもて歩く足に合わせつつ踏《ふみ》わたり、標の処にて踏止りたる足に当《あた》りたる辞をもて、吉凶を定むるわざにもやあらむ」と推量する。あらかじめ止まる場所を決めて標をし、そこまで一歩ごとに吉と凶と交互に当てながら歩き、標の所の最後の一歩が吉か凶かで占うという。花びらを一枚一枚好き、嫌い、といいながら散らしていく恋占いと同じである。

この説があっているかどうかはわからないが、夕卜と同様に単純な占いとかんがえてよいと思われる。その歩くさまが爪先立ちなのかもしれない。そして(F)が夕卜と並べられているように、足占も道に関係している。

水占

どのような占いかわからないが、水占というのもある。

(H)妹に逢はず久しくなりぬ　　あの人に逢わないで久しくなった
　饒石川《にぎしがは》清き瀬ごとに水占延《みなうらは》へてな　　饒石川の清い瀬ごとに水占をしてみよう
　　大伴家持〈万・17—四〇二八〉

家持越中赴任中の歌だから、恋人（妻）は都にいて逢えないとみてよく、したがってこの水占は恋人が無事に暮らしているかどうかの占いである。あるいはいつ逢えるかの占いだろう。川に縄などを張り、それにかかる物によって占ったといわれているが、よくわからない。

川も道と同じで、異郷との通路であることは三輪山神話の丹塗矢型で明らかだから、そこに流れてくる漂着物によって占うというのはありそうだ。夕占の結界をつくるのと対応させれば、張った縄にかかる物が、結界に入って来た異人に当たる。ただ人はことばを発するが、物はそうはいかないので、足占のように、数に吉凶を当てて数えていくか、または大きな枝がかかったら吉、小さな枝がかかったら凶というように定めて占うのか、そんなところだろう。

石占

一例しかみられないし、逢い引きの例ではないからふれる必要もないが、他の呪術のやり方もみられる例なので、引いておく。

(Ⅰ)なゆ竹の　とをよる皇子《みこ》
さ丹つらふ　わご大君《おほきみ》は
隠国《こもりく》の　泊瀬の山に
神さびに　斎《いつ》きいますと
玉梓の　人そ言ひつる
逆言《およづれ》か　わが聞きつる
狂言《たはごと》か　わが聞きつるも
天地《あめつち》に　悔《くや》しき事の
世間《よのなか》の　悔しき事は
天雲《あまぐも》の　そくへの極《きは》み
天地の　至れるまでに
杖《つゑ》つきも　衝《つ》かずも行きて
夕占問い　石占《いしうら》もちて
わが屋戸に　御諸《みもろ》を立てて
枕辺に　斎瓮《いはひべ》をすゑ
竹玉を　間なく貫き垂れ

なよ竹のように　しなやかな皇子
赤く美しい顔の　わが大王は
(隠国の)　泊瀬の山に
神として　祀り申し上げていると
玉梓(使)の　人がいった
不吉なことと　わたしは聞いた
たわごとと　わたしは聞いたことだ
天地で　悔しいことで
世の中で　悔しいことは
天雲の　流れ行く極み
天地の　たどりつく果てまでに
杖をついても　つかなくても行って
夕占を問い　石占をして
わたしの家に　御諸を立て
枕辺に　斎瓮を据え
竹玉を　すきまなく貫き通して垂らし

木綿襷《ゆふたすき》　かひなに懸《か》けて
天にある　佐佐羅《ささら》の小野の
七節菅《ななふすげ》　手に取り持ちて
ひさかたの　天の川原に
出で立ちて　潔身《みそぎ》てましを
高山の　巌《いはほ》の上に
座《いま》せつるかも
丹生王《にふのおおきみ》〈万・3—四二〇〉

木綿襷を　腕にかけて
天にある　佐佐羅の小野の
七節菅を　手に取り持って
（ひさかたの）　天の川原に
出で立って　潔ぎをしたいことだ
〔皇子は〕高い山の　岩の上に
祀り申し上げたことだ

石田王の挽歌である。「狂言か　わが聞きつるも」までが使によって石田王の死を知ったことをうたい、以下魂振りの呪術がうたわれる。「夕占問ひ　石占もちて」は天地の果てまで行って王に逢えるかどうかの呪術になる。前に「行きて」とあるから、道の呪術の夕卜が導かれる。したがって石占も道に関係するものだろう。

『日本書紀』景行天皇一二年一〇月の記事に、天皇が豊後国（現在の大分県）に遠征して土地の土蜘《つちぐ》蛛《も》（土着民）を征服しようとするときの占いの記事がある。

(J)柏峡《かしわお》の大野（現在の大分県直入郡荻町柏原附近の野という）に宿ったとき、その野に長さ六尺、広さ三尺、厚さ一尺五寸の石があった。そこで天皇は祈誓《ウケヒ》をしていった。「わたしが土蜘蛛を滅ぼすことが適うなら、この石を蹴るから、柏の葉のように上れ」といって蹴ると、その石は柏の葉のように大空に上った。

呪術としては、後にふれる祈誓である。これで石が飛ばなければ、天皇が土蜘蛛を滅ぼせないというのが神意である。この場合は神意が滅ぼせると出、そうなった。これも、ある物に働きかけ、その結果を二通りに予想し、その二つに吉凶のどちらかを当てはめて、吉凶を判断する占いである。石占もそのようなものだろう。

夕卜にしろ足占にしろ、単純な占いであり、石占もそうかんがえうる。子供時代、下駄を蹴り上げて表か裏かで明日の天気を占ったのと同種である。こういう単純な呪術は、出かけるときしばしばしていたものと思われる。

(I)は、「わが屋戸に」以下魂振りの呪術のやり方がうたわれている。歌の表現としては、このようなやり方ですれば、祈る対象の魂が昂揚するという神授の祀り方をきちんとしていることを示す〈叙事〉である。〈生産叙事〉と同じである。なぜ〈叙事〉というかといえば、そのように神がした始源をそっくりうたうからである。つまり神の行動を叙しているからだ。

亀卜

亀卜は亀甲を焼いて、そのひびの入り方で占う複雑なものだから、複雑なだけ、専門の呪術者がこれを行なった。したがって、基本的にふたりの間のことはこの種の占いには行なわれないとみてよい。

より社会的な場面で使用される。

(K)武蔵野に占《うら》へ象焼《かた》き
現実《まさて》にも告らぬ君が名占に出にけり
〈万・14―三三七四〉

武蔵野で占いをし象に焼いて
現実には口にしないあなたの名が占いに出てしまったよ

この例は鹿の骨かもしれない。方法は亀卜と同じに、鹿の骨を焼き、そのひび割れの型から神意を判断する。『古事記』神代の天石戸の神話に「天の香山《かぐやま》の真男鹿《まをしか》の肩を内抜《うつぬ》きに抜きて、天の香山の天の波波迦《ははか》(=朱桜《かにはざくら》という)を取りて、占合《うらな》ひまかなはしめて(占いをして神意をおしはからせて)」という例があり、雄鹿の肩の骨を朱桜で焼いて占いをしたことがわかる。

「武蔵野に占へ象焼き」は、占いをしたり、象を焼いたりしてと、さまざまの占いをしたようにとる解釈もある。そうかもしれない。ただ占いにはみてきたように種類が多くあるから、占いと一般的にいっておいて「象焼き」と具体的にいう繰り返しとみたほうがいいだろう。「武蔵野に」というのも、武蔵野の鹿を捕えてということかもしれない。

(K)は、秘めていたふたりの関係が占いによって公になってしまったことをうたう。つまり共同体の問題になったのである。そういう問題として特異の例は、『日本書紀』允恭天皇二四年六月条に、天皇の御膳の汁物が凍り、占ったところ、木梨軽皇子と軽大娘皇女が同母兄妹婚を犯しているということがわかる話がある。占いでわかるのは「内に乱《みだれ》あり、けだし親親相姧《はらからどちたは》けたるか」までで、その判断により調べると、軽皇子・軽大娘の同母兄妹婚がわかったのである。この場合は、夏に熱い汁物が凍るという異常事があり、それが神意のあらわれで、それを占いによって人間がわかるようにするのである。つまり占者は神語を人間語に翻訳する役割をはたす。同母兄妹婚が禁忌だということは、遺伝学の問題ではなく、社会的な制度の問題である。家族を成り立たせるのが兄妹だからである。なぜなら兄妹が結婚すれば、兄妹は共同体内の男女に解消してしまう。つまり兄妹ではなくなるからで、家族は成り立たなくなる。したがって兄妹が成立したときに共同体から家族が分離したとかんがえてよい。といっても、もちろん共同体のほうが家族より先にあったといっているわけではない。理論的にわかりやすく述べたまでである。したがってその禁忌に抵触するのは社会制度を崩壊させかねないのである。

(K)が、なぜ相手の男が誰かを占う必要があったのかはわからない。ただ秘められているべき女の恋愛が噂になってしまったなら、それはそれで禁忌の侵犯になり、名を明らかにしなければならなかったのではないかと思われる。そして名を明らかにすることは恋の終わりでもあったから、女は知らぬ存ぜぬを通さねばならない。そこで占いとなるのだろう。もちろん占いをする、あるいは占者に占いを依頼するのは女の親である。

同種の歌で、女が名は告るまいとうたっている歌がある。

(L)百尺《ももさか》の船隠り入る八占《やうら》さし　──（百尺の大きな船が隠れて入ることのできる八浦）八占《やうら》をして母が

母は問ふともその名は告らじ――問うてもその名は告げまい
〈万・11―二四〇七〉

「八占さし」はたくさんの占いをしてと解されているが、不明。八占という占いがあったのかもしれない。おもしろいのは、母が占いをして誰か明らかになったとき、その男が確かにそうかどうか娘に尋ねるらしく、それでも女は違うといっていられるらしいことである。神意自体は明らかでもその内容には疑いもあったのである。かならずしも占いが当たるとはかぎらない。

2　逢うための呪術

ふたりはめったに逢えるわけではないから、逢うためにさまざまの呪術をした。われわれもふとするようなものも含んでいる。俗信であり、縁起かつぎといってもよい。そのこと自体に関してはわれわれよりそれをそれを信じる度合は深いが、それは程度の問題かもしれない。

神に祈る

まず逢えるように神に祈願した。当然であるといえばいえる。

(M)吾妹子にまたも逢はむと――わたしのあの人にまたも逢おうと
ちはやぶる神の社《やしろ》を祈《の》まぬ日はなし――（ちはやぶる）神の社に祈らない日はない

〈万・11―二六六二〉―

どのように祈願したのかはわからない。ただ「神の社」とあるから、神社に祈願に行った。幣を奉げ、あの人にまた逢わせてくださいと祈ったのだろう。下三句がそっくり同じ歌もあり（11―二六六〇）、神に祈願するときの歌の定型を思わせる。

(N)山鳥の尾ろの初麻《はつを》に鏡懸《か》け
唱《とな》ふべみこそ汝《な》に寄そりけめ
〈万・14―三四六八〉

山鳥の尾のような初麻に鏡をかけ
唱えたからこそ［わたしは］あなたに身を寄せるのだろう

その年に初めてとれた麻に鏡をかけ、神に祈願するというのが、神への願い事をするときのやり方だったのだろう。その効果があらわれて、いっしょにいられるという内容である。「唱ふ」とあるから、祈願のことばは口に出して一定の様式でいったものとかんがえてよい。

(O)菅の根の　ねもころごろに
わが思へる　妹に縁《よ》りては
言《こと》の障《さへ》も　なくありこそと
斎瓮《いはひべ》を　斎ひ掘り据ゑ
竹玉を　間なく貫き垂れ
天地の　神祇《かみ》をそ吾が祈《の》む

（菅の根の）ねんごろに
わたしが思う　あの人によって
人言の障害も　なくてほしいと
斎瓮を　斎ひ掘り据え
竹玉を　すき間なく貫き垂らし
天地の　神がみをわたしは祈る

甚《いた》もすべなみ ——— どうしようもなくて
〈万・13—三二八四〉

この長歌は神への祈願の仕方に詳しい。「斎瓮を　斎ひ掘り据ゑ」は、斎瓮が下が尖っており、土を掘って据えたことをいう。この(O)には「或る本の歌に曰はく」として、同一歌とみなしてよい長歌が二首あげられている。そのうちの一首は「倭文幣《しつぬさ》を　手に取り持ちて／竹珠を繁《しじ》に貫き垂れ」（三二八六）、もう一首では「木綿襷　肩に取り懸け／斎瓮を　斎ひ掘り据ゑ」（三二八八）とある。倭文幣は倭文（織物の一種）で作った幣のこと。「手に取り持ち」「肩に取り懸け」と「取り」が共通しているが、神事にかかわる動作には「取り」を冠することによって、特殊な動作であることを示す。日常語ではなく、神のことばにする、いわゆる接頭語である。

3　衣類の呪術

再会の呪術

ふたたび逢うために、魂の付着した衣類にかんする呪術がある。

(P)高麗錦《こまにしき》紐の結びも解《と》き放《さ》けず ——— 高麗錦の紐の結びも解きほどかず
斎《いは》ひて待てどしるしなきかも ——— 慎しんで待っているが効果のないことよ

〈万・12—二九七五〉——

下紐を結び合うことはⅦで述べた。その紐を解かないことが「斎ひて待つ」ことだったと知られる。つまり男の身の無事を保証し、また自分のもとへ戻るようにさせる呪術である。

(Q)白妙《しろたへ》の吾が衣手を取り持ちて　白妙のわたしの衣の袖を手に取り持って
斎へわが背子直《ただ》に逢ふまでに　慎しみなさい　わたしのあなたよ　じかにお逢いするまで
〈万・15—三七七八〉

衣の袖をどうするのかはっきりはわからないが、おそらく枕にして寝るとか、そういった類いのことをするのだろう。その袖を他の女と枕にしてはならないし、粗末に扱ってもならない。それを「斎へ」といっている。そうすれば、身は無事で、ふたたび逢えることになる。つまり衣を与えて、その衣を斎うことによる呪術である。

(R)別れなばうら悲しけむ　別れたら心悲しいことでしょう
吾が衣下にを着ませ直に逢ふまでに　わたしの衣を下に着てください　じかにお逢いするまで
〈万・15—三五八四〉——は

「直に逢ふまでに」が(Q)と共通。ふたたび逢うための呪的な歌の様式とみてよいだろう。与えられた下着を脱がないことは、無事の再会を保証する呪術だったのである。女は男に下に着る衣を贈ることが多かった。

袖を折り返す

平安期の歌にもしばしばみられるものとして、袖を折り返す呪術がある。

(S)せむすべの　たづきを知らに　1
石《いは》が根の　こごしき道を　2
石床《いはとこ》の　根延《ねは》へる門《かど》を　3
朝《あした》には　出で居て嘆き　4
夕《ゆふべ》には　入り居て思ひ　5
白栲《しろたへ》の　わが衣手を　6
折り返し　独りし寝れば　7
ぬばたまの　黒髪敷きて　8
人の寝る　味眠《うまい》は寝ずて　9
大船の　ゆくらゆくらに　10
思ひつつ　わが寝る夜らを　11
数《よ》みもあへむかも　12
〈万・13―三二七四〉

どうしたらよいか　方法がわからず
石の　ごつごつ
礎石を敷いた　どっしりした門を
朝は　出て嘆き
夕は　入って思い
白栲の　わたしの袖を
折り返して　ひとり寝ると
（ぬばたまの）黒髪を敷いて
人が寝る　満ち足りた寝方もできず
大船のように　ゆらゆらと
思いながら　わたしの寝る夜を
数え上げることもできないことよ

いつ訪れるかと待ちつづける女の歌である。6 7「白栲の　わが衣手を／折り返し　独りし寝れば」が相手を呼び寄せる呪術である。

越中在任中の大伴家持が病で倒れたときの歌に「はしきよし　妻の命《みこと》も／明け来れば　門《かど》に倚《よ》り立ち／衣手を　折り反《かへ》しつつ／夕されば　床うち払ひ／ぬばたまの　黒髪敷きて／何時《いつ》しかと　嘆かすらむそ」（17―三九六二）とあり、待つ女の無事の再会を願う呪術として「衣手を　折り返す」ことがあったと確認できる。ただしここでは朝に袖を折り返すようになっており、(S)と異なる。黒髪を敷くのも、(S)では「人の寝る味眠」のことのようにみえるが、ここでは相手を呼び寄せる呪的な行為である。どちらも成り立つのである。充足する共寝として黒髪を敷いたことが、その黒髪に相手が触れてその魂が付着したゆえに、ひとり寝のとき、黒髪を敷いて共寝したときと同じ状態をつくり出し、相手を呼び寄せるのである。

衣片敷く

黒髪と同じに、相手の魂の付着した衣を敷くのも、相手を呼び寄せる呪術だった。

(T)妹が袖別れし日より
　白栲の衣片敷き恋ひつつそ寝る
　〈万・11―二六〇八〉

あの人の袖を離れて別れた日から
（白栲の）衣を片敷きにし恋いつつ寝ることだ

「片敷き恋ひつつ寝る」と続くから、魂乞いの呪術であることは明らかだ。本来ふたりでたがいのものを重ねて共寝する衣を、自分の衣だけ敷くのを「片敷き」というのである。自分の衣の片一方を敷くのではない。別れた日からだから、その片敷きにしている衣には相手の袖のなごりがついている。だから片敷きにしているのは不安定な状態だから、衣自体が相手を呼び寄せ、敷き合う状態を回復しようとするのである。

4　身体の呪術

黒髪を敷く・靡かす・乱す

(S)に「黒髪を敷く」例があり、〈三九六二〉を引いて、それが想う男を呼び寄せる呪的な行為であることを述べた。髪に呪的なものを感じたことは、民俗学などでよくいわれることなので、取り立てて述べない。黒髪を敷く呪術は、次の歌がわかりやすい。

(U)ぬばたまの黒髪敷きて
　長き夜を手枕の上に妹待つらむか
　　〈万・11―二六三一〉

（ぬばたまの）黒髪を敷いて
長い夜を手枕をしてあの人は待っているだろうか

黒髪を敷き、手枕をするのが待っている姿である。この姿は手枕を恋人と交わし合えばそのまま共寝の姿である。その共寝の姿をひとり寝としてするところに、ひとたび共寝した相手を呼び寄せる呪術としての方法がある。一種の類感呪術というか、共寝の姿をすることで、実際にそうなるように祈る呪術である。農耕儀礼で、予祝としばしばいわれるものと同じ構造だ。

この「黒髪敷きて」は、髪を靡かせて寝るといういい方をしたようだ。

(V)ぬばたまの妹が黒髪
今夜《こよひ》もかわが無き床に靡《なび》けて寝らむ
〈万・11―二五六四〉

（ぬばたまの）あの人の黒髪を
今夜もわたしのいない床に靡かせて寝ているのだろうか

臥しているのだから、髪がばらばらに広がっている状態である。敷くと同じとみてよいだろう。(U)にしろ(V)にしろ、男の側がひとり寝の女を想いやってうたっているのは、女が黒髪を敷き靡かせてひとり寝することで男の魂を呼び寄せているからである。男はその呪術によってその姿を想い見ざるをえないことになり、(U)(V)のようにうたった。

靡くが髪をばらばらにして敷いている状態なら、乱すともいった。

(W)朝髪の思ひ乱れて
かくばかり汝姉《なね》が恋ふれそ夢に見えける
大伴坂上郎女〈万・4―七二四〉

朝寝髪が思い乱れている
そのようにあなたが恋うているから　わたしの夢に
見えた

「汝姉」といっているのは、娘の大嬢に贈った歌だからである。女同志、親子の間でも、このような恋歌になることにも注意しておこう。対《つい》の関係は、男女の恋人同志だけでなく、親子も同性間も同じなのである。

「かくばかり」は「朝髪の思ひ乱れて」をさす。夢に娘が乱れている朝寝髪の姿がみえた。それは自分の魂を呼んでいるからだという。したがって「朝髪の思ひ乱れて」は恋うる人を呼び寄せる呪術であることがはっきりしている。これはふたりの共寝の体験とはいえないかもしれない。が、魂寄せの呪術として、黒髪を敷き、靡かせ、乱すことが行なわれたとはいえる。ただし朝髪とは、寝起きの髪で意識的に乱したとはいえない。その意味では呪術といわないほうがよいかもしれない。

髪を梳らない

靡かせ乱した髪には男の魂が付着しているから、手入れをしないほうがよい。

(X)朝寝髪《あさねかみ》われは梳《けづ》らじ　　朝の乱れ髪をわたしは梳りますまい
　愛《うつく》しき君が手枕触《ふ》れてしものを　　いとしいあなたの枕とした手が触れたものだから
　〈万・11—二五七八〉

共寝のなごりだから、消してしまうのは惜しいという情としてうたわれているが、共寝の状態のままにしておけばふたたび相手が訪れることになるので、こううたう。旅に出た男の無事を願って「ぬばたまの　夜床片去《かたさ》り／朝寝髪　かきも梳らず」(18—四一〇一)という例もある。

髪を梳らないのは特殊な姿だった。長いので全文引用しないが、勝鹿《かつしか》の真間《まま》娘子の歌(9—一八〇七)に、

(Y)勝鹿の　真間の手児奈《てこな》が　　勝鹿の　真間の手児奈が

麻衣《あさぎぬ》に　青衿《あをくび》つけ
直《ひた》さ麻《を》を　裳《も》には織り着て
髪だにも　かきは梳らず
履《くつ》をだに　はかず行けども
錦綾《にしきあや》の　中につつめる
斎児《いはひご》も　妹に如《し》かめや

麻衣に　青衿をつけ
麻だけを　裳に織って着て
髪さえも　かき梳らず
履だって　はかないで行くが
錦綾で　包まれた
斎児も　この子にかなおうか

と手児奈の姿を語る場面がある。麻衣、麻だけの裳は粗末なものとされ、その麻を身につけ、髪を梳らず、履もはかないのも貧しさの表現とみなされているが、特に髪を梳らずは、成人の女は髪を梳らないことはありえず、したがって特殊な姿とみるべきことになる。麻の衣も粗末さとは衣の原型、つまり始源を意味することがあるのは、新婚の小屋が草で作った粗末なものであったことからもいえる。この手児奈の姿は特殊な姿、神女の姿だった。神女は神に気に入られ選ばれた女だから、最高にすばらしい女である。したがってその神女の姿をしているように語ることは、その女が最高にすばらしいことの表現になるのである。その粗末な姿が、錦綾で着飾った斎児に劣らないというのも、斎児がたいせつに育てられた子というより、やはり神女で、普通よりずっと着飾ることと普通より粗末なことが、ともに日常の状態ではないことをあらわすとみるべきである。神女の二通りの姿である。

髪を梳らないのは、神に仕える姿だったのである。共寝するときは結った髪を解いた。だから黒髪を敷いたり、靡かせたりできた。共寝が特殊な状態であることの傍証にもなる。そして朝起きて髪を結い、昼間の生活が始まった。髪を梳らないのは、昼間の姿を拒否し、夜の姿でいつづけることである。男を呼び寄せる呪的な姿といってよいだろう。

眉を掻く・くしゃみをする

ちょっとした行為の呪術もある。

(Z) めづらしき君を見むとそ
左手の弓執《と》る方の眉根掻《か》きつれ
〈万・11―二五七五〉

めったに逢えないあなたを見ようと
左手の弓を執るほうの眉を掻いたことだ

眉を掻くと想う人に逢える。それも左の眉を掻くらしいのが、この歌でわかる。

(a) 眉根掻き鼻ひ紐解け待てりやも
何時《いつ》かも見むと恋ひ来しわれを
〈万・11―二八〇八〉

眉を掻き　くしゃみをし　紐を解いて待っているのだろうか
いつ逢えるかと恋して来たわたしを

(b) 今日《けふ》なれば鼻ひ鼻ひし眉痒《かゆ》み
思ひしことは君にしありけり
〈二八〇九〉

いらっしゃるのが今日だからこそ　何度もくしゃみをし眉が痒
く思ったのは　あなたのせいだったのだね

左の眉を掻くだけでなく、くしゃみをするのも相手を呼び寄せる呪術だった。下紐を解くこともして待っている。ひとつだけでなく、いろいろのことをして呪術の効果を増そうとしたのである。(a)(b)は問答歌で、(a)によって、呪術をかけられた相手にくしゃみが出たり、眉が痒くなったりする反応が起こるのがわかる。くしゃみが出れば、誰かが自分の噂をしているという俗信がいまでもあるが、その起源はずいぶん古いことになる。鼻は口や目、耳と同じに外界と接する部分で、さまざまの呪的な意味があった。昔話の鼻たれ小僧が龍宮の子だったりするのも、その例である。

5　ウケヒ

ウケヒという呪術もしばしばした。

(c)水の上に数書く如きわが命　妹に逢はむと祈誓《うけ》ひつるかも　〈万・11―二四三三〉

水の上に数を書くようにはかない命だが　あの人に逢おうとウケヒをしたことだ

ウケヒとは、(J)で述べた、土蜘蛛を滅ぼせるなら蹴った石が木の葉のように飛べという石占のように、あらかじめ、ある行為の二通りの結果に吉凶を当てておいて、その行為によって占う呪術である。

夢のウケヒ

夢に見るものでウケヒをすることもあった。

(d)相思はず君はあるらし
ぬばたまの夢にも見えず祈誓ひて寝れど
〈万・11―二五八九〉

たがいに思うことなくあなたはいるらしい
（ぬばたまの）夢にも逢えない　ウケヒをして寝ても

このウケヒは、あの人がわたしを想っているなら夢に見えよと唱えて寝るものである。それなのに夢に見えないから、あの人は自分を想っていないことになる。そう相手にうたいかけるのは、ウケヒの結果を否定したいからである。この歌に男が応えて否定してくれれば、そのウケヒの悪い結果は消える。歌の呪力である。

(e)都路を遠みか妹がこのころは
祈《うけ》ひて宿《ぬ》れど夢に見え来ぬ
大伴家持〈万・4―七六七〉

都への道が遠いからか　このごろはあの人が
ウケヒをして寝ても夢に見えてこないよ

その夢のウケヒをして悪い結果が出たことを、二人の居場所の距離の遠さのせいにしている。ということは、あなたが想っているなら夢に出てこいというウケヒは、相手に届いて、相手が応ずることによって成り立つことになる。恋の呪術は基本的にこの構造にある。(a)(b)もそうだった。恋が魂乞いだといったのは折口信夫だが、実際に逢えないから魂をとばして、魂の交感をする。

(f)さね葛《かづら》のちも逢はむと
夢のみに祈誓ひわたりて年は経《へ》につつ

（さね葛）後に逢おうと
夢にばかりウケヒをしつづけて　年を過ごして

〈万・11―二四七九〉―

このウケヒは、後に逢えるなら夢にあらわれよというものである。このように、どのようにウケヒをしてもよいのである。

Ⅸ　恋の終わり

恋愛にはかならず終わりがある。個体が一人ひとり別の存在である以上、異和は恋の始まりからあるわけで、その異和が決定的な時を迎えるのはむしろ当然のことだろう。妻訪いという様式はむしろその異和を緩和しているのである。いわゆる結婚も恋愛の終わりだが、もっと一般的であり決定的なのは、やはりどちらかの心変わりである。相手の心変わりに対し嫉妬し、結局は別離を迎えざるをえない。しかし古代において、嫉妬と別離はそれほど明瞭に表現されているわけではない。心変わりをなじる例は多いが、これは表現上のひとつの様式とみられ、実際の心変わりとの区別はつき難い。しかし別離を扱わないことには、本書は完結しない。終わりがなければ、始まりはないのだから。少ない資料から忘却までをみていこう。

1　心変わり・別れ

絶えたる恋

恋の終わりをうたった歌もないわけではない。

(A)真澄《まそ》鏡《かがみ》見しかと思ふ妹も逢はぬかも
玉の緒の絶えたる恋の繁きこのころ
〈万・11―二三六六〉

（真澄鏡）見たいと思うあの人に逢わないことよ
（玉の緒の）絶えたる恋心がはげしいこのごろだよ

終わってしまった恋なのに、やはりあの人に逢いたいと思ってしまうようすをうたう。「絶えたる恋」は終わってしまった恋である。

(B)今さらに君が手枕まき寝めや
わが紐の緒の解けつつもとな
〈万・11―二六一一〉

今さらにあの人の手枕をして寝ようか
わたしの下紐の先が解けて心細いよ

なにがあったかわからないが、ふたりの恋は終わってしまった。もうふたたびあの人の手枕をして共寝することはありえない。しかし下紐がゆるんできて頼りないとうたう。誰でも気持を察しうるリアリティのある歌だ。(A)は男の、(B)は女の歌で、女が一方的に待たされ、捨てられるのではないことにも注意しておこう。あくまでも対等だった。女も男を拒否することがあった。

下衣を返す

心変わりをしたとなじった歌でも、実際はどうかわからないが、左注に情愛の薄れたことを記した例がある。

(C)商変《あきか》はり領《し》らすとの御法《みのり》あらばこそ　　商売の契約を変えることを許すという法律があったなら
わが下衣返し賜はめ　　こそ　わたしの下衣をお返し下さい
〈万・16―三八〇九〉

右は伝へて云はく、「時に幸《うつくしび》らえし娘子《をとめ》ありき。寵《うつくしび》薄れたる後、寄物《かたみ》を還し賜ひき。ここに娘子怨恨《うら》みて、聊《いささ》かにこの歌を作りて献上《たてまつ》りき」といへり。

歌意は、永遠の愛を誓ったのに、その約束を違えてよいものだろうか、というもの。契約を破ってもよいという法律があってこそ、心変わりは許されるのだという。

左注に愛情が薄れて、女の贈った下衣を返してきたのを恨んで作った歌という。贈られた下衣を返すのが、恋愛の終わりの宣言だったことが知られる。Ⅶで衣を贈るのが女の愛情の表現だったことを述べたが、その逆になる。心変わりした男は、その衣を着つづけるわけにはいかず、処置に困る。そこで返すことになるのだろう。

衣を棄てる

返さないで棄てることもしたらしい。

(D)古衣《ふるごろも》打棄《うつつ》る人は　　古衣をうち棄てる人は
秋風の立ち来る時にもの思ふものぞ　　秋風が吹き出す時にもの思いをするものだよ
〈万・11―二六二六〉

古衣が女の比喩にもなっている。女が贈った衣を新しい女の衣に替えるので、古衣といった。もちろんその古衣を棄てるのは、前の女との関係を断つことである。

「秋風の立ち来る時にもの思ふ」とは、平安期の、死の季節である冬に向かうことによる哀愁をこめた秋の捉え方と通じている。平安期では「秋—飽き」のかけ詞として歌によまれるが、おそらくこの(D)もそうみてよい。現在の女との関係に飽きが来たとき、わたしとの関係が想われ、後悔しますよ、というのである。

贈物を返す

左注に、男が別の女との関係ができて、前の女が怨んで作ったと記す例がある。

(E)味飯《うまいひ》を水に醸《か》みなし
　わが待ちし代《かひ》はさねなし直《ただ》にしあらねば
〈万・16—三八一〇〉

すばらしい飯を水に醸《かも》して酒に造り
　わたしが待ったかいはまったくない　あなたが直接
　来ないので

右は伝へて云はく「昔娘子ありき。その夫《せ》に相別れ、望み恋ひて年を経たり。その時に夫の君更に他妻《あたしつま》を娶《と》りて、正身《ただみ》は来らずして、徒《ただ》に裹物《つと》のみを贈れり。これによりて、娘子この恨みの歌を作りて、還し酬《こた》へき」といへり。

酒を造って待つのは、待酒《まちざけ》といい、無事に来ることを願う呪術である。女は待酒をして、ずっと待っていたのに、男は別の女を妻とし、贈物だけ送って来た。そのときの怨みの歌で、女は男の贈物にこの歌をつけて送り返したのだろう。

男が女の贈った衣を返すのと異なるといえばいえるが、女の側からの行為として、(C)と逆になる。贈物にはその贈り主の魂が付着しているから、かんたんに受け取るわけにはいかない。

2 嫉　妬

石姫皇后の嫉妬

『古事記』仁徳天皇条に、皇后石姫《いわのひめ》がたいそう嫉妬深い女だったことがみえる。『日本書紀』もそうなっている。『古事記』では、「天皇の使はせる妾《みめ》は、宮の中に臨《むか》ひえず、言立《ことだ》てば、足モアガカニ嫉妬《ねた》みます」とある。

「足モアガカニ」は音仮名の表記で、「足母阿賀迦邇嫉妬。自レ母下五字以レ音」と訓み方が示されており、特殊なことばだったことがわかる。じだんだを踏むことか。悔しさをあらわす動作の定型的な表現だろう。定型的とは、諺などがそうであるように、神の〈叙事〉である神謡に由来する表現だということである。『古事記』『日本書紀』ともに、石姫の嫉妬の話が歌謡を中心に載せられており、神謡といわないまでも、嫉妬物語りの歌謡が伝承されていたことを思わせる。

ところが、その歌謡群には、嫉妬の歌は一首もない。他の歌謡、万葉集にも、ほとんど嫉妬の歌がみえないことと関係していよう。嫉妬は歌の表現にならないのである。それは、歌が一首で完結するものではなく、対象に向かってうたいかけられるものであることによる。恋愛にかんする歌はかならずそうである。独詠歌などない。嫉妬は、女からいえば、愛する男が心魅かれている別の女に向けられるだろう。しかし、その女との間には歌を応答し合う関係がないのである。もしその女に怨みの歌を贈っても、その怨みの想いは相手の歌によって救われるわけではないだろう。そのふたりの間にあらわれるのは、まさに個別的な闘争だ。それは歌の世界をはみ出したものである。それに男自体も想いが別の女に向いているなら、男は女の歌に応えるものをもたないから、歌の贈答は成り立たないのである。はじめから嫉妬はうたわれるものではなかった。

他の女と寝る

男へ向かう場合はその男との関係を保持する役割として歌がはたらく。

(F)百足《もも た》らず　山田の道を　1
波雲《なみくも》の　愛《うつく》し妻と　2
語らはず　別れし来れば　3
速《はや》川の　い行きも知らず　4
衣手の　反《かへ》るも知らず　5
馬じもの　立ちて躓《つまづ》く　6

（百足らず）山田の道を
波雲のように　いとしい妻と
むつみ語らうことなく　別れて来たので
速川のように　行方もわからず
衣手を返して寝ることのできる　帰りもわからず
馬のように　立って躓く

せむすべの　たづきを知らに
物部《もののふ》の　八十《やそ》の心を
天地に　思ひ足らはし
魂合《たまあ》はば　君来ますやと
わが嘆く　八尺《やさか》の嘆き
玉桙《たまほこ》の　道来る人の
立ち留《とま》り　いかにと問へば
答へやる　たづきを知らに
さ丹つらふ　君が名いはば
色に出でて　人知りぬべみ
あしひきの　山より出づる
月待つと　人にはいひて
君待つわれを

〈万・13―三二七六〉

反　歌

(G)
眼《い》も寝ずにわが思ふ君は

どうしたらよいか　方法もわからず
（物部の）八十のさまざまの心を
天地に　思い尽くして
魂合いをすれば　あなたがいらっしゃるだろうと
わたしの嘆く　長い吐息
（玉桙の）道を来る人が
立ちどまり　どうしたかと問うが
答える　方法もわからず
美しい赤い顔の　あなたの名をいえば
色に出て　人が知ってしまうので
（あしひきの）山から出てくる
月を待っていると　人にはいって
あなたを待つわたしだ

一　寝もせずに　わたしの想うあなたは

何処辺《いづくへ》に今夜《こよひ》誰とか待てど来まさぬ
〈三二七七〉
――どこかで今夜他の誰かと寝ているのだろうか　待っていてもいらっしゃらない

(F)は6「馬じもの　立ちて躓く」までが男の想い、以下が女の想いと二つに分けられる。躓くとは、待っている女の想いがそうさせるという。だから次の女の想いにつながりうる。(F)の長歌では、男の想いと女の想いが対応して、ごく一般的な恋愛の贈答的な構成になっている。つまりふたりの関係は安定したものである。

ところが反歌の(G)では、男の来ないのを、他の女のもとにいるからだと嫉妬している。つまり長歌の安定した恋し合う関係のうえに、反歌の他の女と寝ているのかという女の嫉妬が男に向かって発せられている。もちろんこの長歌と反歌が本来一対のものとして伝承されたものではないとしてもだ。『万葉集』の編集者が対にしたのなら、この二首が矛盾しないからこそそうした。どうも相手の男が別の女とも通じているということがありそうに思える。妻訪いの形態はそれを許容する。その場合、もちろん女のほうも別の男と逢ってもかまわない。ただ、あまりこのようなことはないだろう。恋愛の固有性は他者を排除するものだから。

(H)筑紫なるにほふ児ゆゑに
陸奥の香取少女《かとりをとめ》の結ひし紐解く
〈万・14―三四二七〉
――筑紫のにおうようにすてきな子ゆえに
陸奥の香取少女が結んだ下紐を解くことよ

東歌である。防人として陸奥から筑紫に赴任した。そこの美しい女と共寝した。そのため故郷の香取少女が結んでくれた下紐を解いた。これは妻（恋人）と結び合った下紐を解かないことによって旅を無事に終えられるという習俗と矛盾する。しかし旅人にとって、旅先の土地の女との共寝は異郷の女との神婚に当たるわけで、その土地に受け入れられ、安全でいられることになるから、むしろしばしばあったとみたほうがよい。そうでありながら、また故郷の妻（恋人）に向けて、下紐を解かないとうたう。場合場合だったのである。

嫉妬に心を焼く

『万葉集』に一首突出して嫉妬そのものをうたう歌がある。『万葉集を読みなおす』でふれたので詳述はしないが、嫉妬をいうなら、この歌を引かないわけにはいかない。

(1)さし焼かむ　小屋《をや》の醜屋《しこや》に
かき棄《う》てむ　破薦《やれこも》を敷きて
うち折らむ　醜《しこ》の醜手《しこて》を
さし交《か》へて　寝らむ君ゆゑ
あかねさす　昼はしみらに
ぬばたまの　夜はすがらに
この床の　ひしと鳴るまで

焼き払いたい　小屋の汚ない小屋に
棄て去りたい　破れ薦を敷いて
へし折りたい　醜い汚ない腕を
さし交わして　寝ているだろうあの人ゆえ
（あかねさす）昼は一日中
（ぬばたまの）夜は一晩中
この床が　ひしひしと鳴るまで

嘆きつるかも　　　　　　　　　　　嘆いたことだ
〈万・13—三二七〇〉

反　歌

(J)わが情《こころ》焼くもわれなり　　　わたしの心を焼くのもわたしだ
愛《は》しきやし君に恋ふるもわが心から　　いとしいあの人に恋うのもわたしの心からだ
〈三二七一〉

『万葉集』で他にはみられない烈しい歌である。いきなり「さし焼かむ」というように、いわゆる感情濃いいい方で始められるのも他に例がない。そこで前著では、この冒頭の三行は男を呪う呪文があり、その呪文の文句をふまえたものではないかと述べた。インドの『アダルヴァ・ヴェータ』の嫉妬の呪文を引いて、嫉妬のような個人にかかわる呪文は秘事で、表面にあらわれ、残されることは少ないが、確かにあったのだろうと推定したうえでのことである。相手を呪う呪文は危険なもので、まかり間違えば自分に災いがふりかかるような例は、小松和彦氏が四国の物部村のいざなき流の巫者の調査で述べている（『憑霊伝承論』'82　伝統と現代社）。

歌も呪力の強いものであることは、前章の「恋の呪術」でみてきた通りだから、呪いの歌もあったにちがいないが、そういう特殊な歌は表面に出ることは禁忌で、歌集に載せられるようなことは忌まれたのであろう。

(J)は、嫉妬に心を焼くのも、愛し始めたのもみんな自分ゆえなのだと、内省している。すべて自分から始まったのだから、諦めるよりほかないというのである。もちろんこううたうことで、心を鎮めようとしている。おそらくこのように対象を自分にしか向けえない歌が、歌に転機をもたらす可能性を孕ませた。

3　諦　め

相手が心変わりしたのなら、自分の想いをいくらうたいかけても、相手の気持が戻るわけではない。ただ諦め、忘れるよりしかたない。

忘れ草

かといってなかなか忘れられるわけではない。そこで忘れ草を下紐につけて、恋う想いを忘れようとした。

(K)忘れ草わが紐に着く
時となく思ひ渡れば生けりともなし
〈万・12—三〇六〇〉

忘れ草をわたしの下紐につける
ひっきりなしに思いつづけていると生きているとも思えない

ひょっとしたら、これはなかなか逢えず恋い焦がれて苦しいので、その想いを忘れようと忘れ草を下紐につけているのかもしれない。それでもよい。もし忘れ草が効くなら、恋の終わりにも有効だから。それに、一夜一夜で恋は終わりでもあったから、これから先逢えないことと、一夜の逢い引きが終わることは同じとみなしうる。

恋愛ではないが、

(L)忘れ草わが紐に着く
　香具《かぐ》山の故《ふ》りにし里を忘れむがため
　　大伴旅人〈万・3—三三四〉

忘れ草をわたしの紐につける
香具山のなつかしい里を忘れるために

という歌もある。大宰帥として赴任した大伴旅人の懐旧の想いから逃れようとした歌。(K)(L)と「忘れ草わが紐に着く」を共通とする。忘れる呪文歌の定型句とみてよい。

(L)の紐は下紐ではないかもしれない。しかしおそらく「忘れ草わが紐に着く」は恋を忘れる呪力ある歌から始まっていると思われ、(K)で解釈したように、本来下紐でよい。恋愛によく対応するのが下紐であるからである。

忘れ草は垣に植えた。

(M)忘れ草垣もしみみに植ゑたれど
　醜《しこ》の醜草《しこくさ》なほ恋ひにけり
　　〈万・12—三〇六二〉

忘れ草を垣にぎっしり植えたけれど
だめな草だ　やはり恋してしまった

垣に植えた忘れ草を見るだけで忘れられるらしい。垣はもちろん自分の家と他の世界とを区切る隔てである。そこに忘れ草を植えれば、外界から侵入してきて自分の心を乱すものがなくなるのだろう。ところが(M)は忘れることができず、「醜の醜草」と忘れ草を罵っている。忘れさせる呪力をもっている忘れ草を罵倒するのは危険だが、罵ることによって、その呪力をより発揮させようという歌による一種の呪術である。

忘れ貝

忘れ貝というものもある。

(N)若の浦に袖さへ濡れて
　忘れ貝拾《ひり》へど妹は忘らえなくに
　〈万・12―三一七五〉

　若の浦に袖さえも濡れて
　忘れ貝を拾うが　あの人は忘れられないことだ

これも、旅にいて故郷の妻（恋人）が恋しくてしかたなく、その想いをやわらげようと忘れ貝を拾ってみたが効果はなかったという。恋愛の終わりというわけではない。

忘れ貝は、海辺にあるものだから、旅の歌にのみうたわれている。そしていずれも拾ってみたが忘れられないという内容で、故郷の妻（恋人）の引き寄せる呪力の強さをうたうことになっている。

(O)手に取るがからに忘ると
　磯人《あま》のいひし恋忘貝言《こひわすれがひこと》にしありけり

　手に取った瞬間から忘れると
　海人のいった恋忘貝はことばだけだったよ

〈万・7—一一九七〉—

(P)海少女《あまをとめ》潜《かづ》き取るといふ忘れ貝　　海少女がもぐって取るという忘れ貝
世にも忘れじ妹が姿は　　けっして忘れますまい　あなたの姿は

〈万・12—三〇八四〉—

(O)は、海人の伝承の通りにしてみたが、恋忘貝という名ばかりで、すこしもあの人が忘れられないとうたい、(P)は異郷の風俗を語り、それを序詞にして、一生忘れないと女に誓っている。旅人の歌で海人をうたうのが多いのは、海人が異郷の住人だからである。異郷の住人をうたうのはその土地を讃めたことになり、その土地を無事に通してもらえるのである。

呪文歌

三角洋一氏がきわめて興味深いエッセイを書いている（「恋の呪符と誦文歌」『日本古典文学会々報』99　'83・11）。藤沢一夫氏の発見によるもの（「古代の呪詛とその遺物」『帝塚山考古学』1　'70）だが、平城宮跡出土土器に書かれた上記の合わせ文字が近世の離別の呪符にみられるという。そしてその呪符には、

(Q)我れ思う君の心は離れつる　　わたしの思うあなたの心は離れてしまった
君も思わじ我も思わじ　　あなたも思わない　私も思うまい

という歌が書かれている。この歌は心変わりした相手を忘れるための呪文歌である。そしてこの呪符

の君・我・念の三つの文字を合わせた記号は、(Q)の呪文歌と関係している。呪文歌は君・我・念（思）を繰り返すことで成り立っているとみてよいから、この記号の意味は呪文歌に示されているとみるべきである。歌としては「思ふ」を三回も繰り返すところに特殊性がある。そこに呪文歌としての特性を三角氏はみている。

この記号が平城宮出土土器にみえることは、この歌かあるいは似通った呪文歌が平城京時代にもあったとかんがえてよい。こういう歌は、嫉妬の歌もそうだが、表面には出してはならないものだった。呪力が強すぎたためだろう。そして前に述べたように、個人にかかわる呪的な歌だから、秘められてあったとかんがえるべきである。『万葉集』が個人の生活や感情を素直にうたっているなどというのが近代に作り上げられた幻想にすぎないことを証す例にもなる。

この種の歌は、三角氏も述べているように、『古今集』の俳諧歌にみられる。

(R)思へども思はずとのみ言ふなれば
いなや思はじ思うかひなし
〈古今・19―一〇三九〉

わたしが思ってもあの人は思わないとばかりいうのだから
もうこれ以上思うまい　思うかいがない

(S)我を思ふ人を思はぬむくいにや
我が思ふ人の我を思はぬ
〈古今・19―一〇四一〉

わたしを思う人を思わない報いだろうか
わたしが思う人がわたしを思わない

(R)(S)ともに、「思ふ」を重ねている。呪文歌は唱えやすくなくてはならないから、同じことばを重ねている。しかし唱えやすいとは、歌の力とかれらはかんがえた。自然に歌がこちらに取り憑いてうたわせてしまうのである。これらも『万葉集』の時代からうたわれていただろう。『万葉集』と『古今集』はいわれているほど断絶していない。

『古今集』の俳諧歌には、こっけいな歌というより、このような異様な歌、つまり呪力の強い歌が収められている。俳諧とはブラック・ユーモアで、それが厳しい批評だったり、皮肉なからかいだったりするが、そういう隠された意味はむこう側の世界のものとかれらは認識していたから、俳諧歌は呪力の濃い歌ということになるのである。

『万葉集』には、恋の歌ではないが、同種の歌が一首みられる。

(T)白珠《しらたま》は人に知らえず知らずともよし　　白珠は人に知られない　知られなくともよい
知らずともわれし知れらば知らずともよし　　人が知らずともわたしが知っているなら人が知らなくともよい
〈万・6―一〇一八〉

右一首は、あるいは曰はく「元興寺の僧の、独り覚《さと》りて智多けれども、顕聞《あらは》れず、衆諸《もろもろ》のひとの狎侮《あなづ》りき。これによりて、僧この歌を作りて、みずから身の才《ざえ》を嘆く」といへり。

才能があるのに、人からは侮《あなど》られている。それゆえ怒りや怨み、歎きが心に鬱積する。その想いを鎮める歌である。「知る」が五回も繰り返されている。同じことばはなるべく避けられるのが一般的だから、このように繰り返すのは異常である。(Q)〜(S)と同様に呪文歌とみなすべきである。「右の一首は、あるいは曰はく」と左注に伝承を記すのは、この歌が不遇の境遇を嘆く想いを鎮める、呪力ある歌として伝えられていることを示す。いうならば、この呪文歌の起源譚である。

忘却の呪術

平安時代に下るが、『伊勢物語』65段に恋を忘れるために祓えをした話がある。

在原業平はまだ若かったころ、身分の高い女を恋した。女はたがいの身の破滅になるからと、業平から逃げまわった。業平はどうしようもなく、「いかにせん。わがかかる心やめ給へ（わたしのこのような心を止めて下さい）」と神仏に祈願したが、恋心はつのるばかりだった。それで陰陽師や巫《かんなぎ》を呼んで「恋せじといふ祓への具」をもって賀茂川に行き、祓えをした。しかし前よりいっそう恋心がますように思えたので、

(U)恋せじと御手洗河《みたらし》にせし禊《みそ》ぎ　神はうけずもなりにけるかな——恋すまいと御手洗河にした禊ぎを神はお受け下さらなかったことだ

とよんで去った。

(U)の歌は『古今集』巻十一、〈恋一―五〇一〉によみ人知らずとして載せられている。五句が「なりにけらしも」となっているだけだから、同一歌とみなしてよい。

地の文では祓えとあるが、(U)では禊ぎとある。禊祓といっしょにされるように、ここでは同じ内容をさすだろう。川で水を浴み、恋の想いを祓い流し、清めるのである。「恋せじといふ祓への具」とあるから、恋心を忘れるための特別の呪法があったものと思われる。そのための道具（呪具）をそろえ、呪術の専門家を連れて川に行った。つまりその特別な呪法は専門家しかできないのだろう。

この話では、それでもなお恋心は鎮まらなかった。それゆえ(U)の歌をよんだ。ということは、(U)の歌で恋心は鎮められたとみてよい。歌こそが、想いを鎮める呪力をもっていたのである。

主要参考文献

赤松啓介『非常民の民俗文化』（'86　明石書房）
江守五夫『日本の婚姻』（'86　弘文堂）
小川光暘『寝所と寝具の文化史』（'84　雄山閣）
小川安朗『万葉集の服飾文化　上下』（'86　六興出版）
高群逸枝『招婿婚の研究　一』（全集第二巻　'66　理論社）
西村　亨『王朝恋詞の研究』（'72　慶応義塾大学言語文化研究所）
土橋　寛『古代歌謡と儀礼の研究』（'65　岩波書店）
額田　厳『結び』（'72　法政大学出版局）
藤井貞和『物語の結婚』（'85　創樹社）
古橋信孝『万葉集を読みなおす』（'85　日本放送出版協会）
保立道久『中世の愛と従属』（'86　平凡社）
洞　富雄『庶民家族の歴史像』（'66　角川書店）
益田勝実『火山列島の思想』（'68　筑摩書房）
矢野憲一『枕の文化史』（'85　講談社）
吉田金彦『古代日本語をあるく』（'83　弘文堂）

吉田　孝『律令国家と古代の社会』（'83　岩波書店）
吉本隆明『共同幻想論』（'68　河出書房新社）
鷲見等曜『前近代日本家族の構造—高群逸枝批判—』（'83　弘文堂）
レヴィ・ストロース『親族の基本構造』（馬渕東一・田島節夫監修、'76〜'77　番町書房）
クロード・メイヤスー『家族制共同体の理論』（川田順造・原口武彦訳、'77　筑摩書房）

あとがき

個人的な研究史としていえば、古代の歌がもうひとつ摑みきれないことへの苛立ちから、古代の歌を古代の論理のなかで読む方法を求めてきて、その読み直しの方法が前著『万葉集を読みなおす』を書くなかではっきりとみえてきた感じをもったが、その方法で一首一首の歌を読みつづけていくと、これまでの読みの誤りが、ことばの捉え方や習俗・生活の見方の誤りとして具体的にみえてくるようになった。そこでこの二年近く、ことばや習俗・生活の捉え直しを試みてきた。

一方、五年前から三年間、諸分野の若手の研究者数人と、家族・共同体についての研究会をもって、おもに家族について、これまでのさまざまの研究の批判・検討を行なってきていた。そこで学んだことと古代の歌からかんがえてきたこととを合わせて、まとめてみる気になって、前著でお世話になったＮＨＫブックスの辻一三氏にご相談したところ、快諾をえたことから、本書はなった。

資料はほとんど整えてあったから、ただ構成をして書いていくだけだったが、書きながら、あらためてなぜこんなこともわからないで古代の歌が読めている気になっていたのだろうという想いを深くもった。月夜の逢い引きにしろ、恋の通い路にしろ、気づいてみればしごく当り前のことに思える。こういうことに注意が向けられてこなかったのは、前著で繰り返し批判したように、近代的な文学観・世界観を絶対化して、そこから古代をみていたからだ。民俗学や人類学を応用して神とか信仰とかいってみても、生産にかかわる観念に即物的に填め込んだり、聖と俗、男と女、あるいは境界というような図式できれいに整理したりで、結局は言語表現の問題にも、魂の問題にも行き着きはしなかったのである。魂や観念の世界を軽んじるのは近代の特徴だから、それもやむをえなかったといえばいえるのかもしれない。

それでも、男を待つほかない女の悲しみがうたわれているとか、性をおおらかにうたいあげた庶民の姿がみえてくるなどという歌の評価がいまだになされているのをみていると、どうしたらこのような読みを変えていけるのだろうかと暗澹たる想いにしばしばとらわれる。そして古代の歌を古代の歌として読むためには、本書のような書物を書いていかねばと思ったのだった。

その意味で、本書は、ごく素直に古代の歌を読んでいくなかで生まれてきた疑問を、古代の歌に導かれて書いただけのものである。前著についてそういう評判を聞いたが、歌の捉え方が難しいとお思いの方には、逆にそういう捉え方をしてきたことによってこの生活誌が書けたのだから、もし本書の恋愛生活の捉え方が当たっていると思われるなら、わたしの歌の捉え方自体が誤っていないはずだとお答えしたいと思う。本書も、序・Ⅰが難しくみえたなら、Ⅱ「出逢い」から読み始めるのがいいかもしれない。Ⅱ「出逢い」〜Ⅸ「恋の終わり」と完結しているから、本書の内容は理解していただけると思う。

なお、歌についての基本的な考え方や表現の見方については『万葉集を読みなおす』を参照していただきたい。

最近は人類学や社会史が流行しており、本書もその種のものとみなされてしまうかもしれない。そう受け取られれば、それも仕方ないと思うが、わたしはいつも時代と社会を個体の側からみつめていたいと思っている。人類学や社会史が共同体の構造をおもしろくみせてくれるのはそれでいい。しかしわたしは文学研究者として、そういう共同体から落ちこぼれる個体の内面の側から共同体をみようと思っている。もちろんことばによって。歌を中心に扱ってきたのも、恋を中心にみてきたのも、そういう意味でだった。文学の側からは恋や結婚はこうみえますよということだった。そしてこの見方は誤っていないし、文学を超えてもまちがっていないと自負しているが。もし本書がそうみえないとしたら、それはまだその時代と社会とを個体の側に踏みとどまってみつめるための基礎作業の段階なのだと思っていただければさいわいである。

前著と同様、ＮＨＫブックス編集部の辻一三氏にたいへんお世話になった。編集段階でお世話になった前野理咲嬢は、昨年三月までわたしのところで卒業論文を書いていた学生だった。お二方への気楽さで、未整理のとてもきれいとはいえない原稿でご苦労をおかけしてしまった。感謝の意を捧げたい。

一九八七年八月二一日

古橋信孝

補　論

1　本書の補い

本書以降に書いた関係するエッセイのいくつかは『雨夜の逢引―和語の生活誌―』（大修館、一九九六年）に収めている。なかで「逢引の時間―十六夜とたそがれ―」と、Ⅸ「恋の終わり」で触れた平城京出土土器に見られる呪符について、補いとして触れておく。

月の夜しか逢引できないとすると、一月でどのくらい逢えるかということが気になっていた。考えていたのは、真夜中に月が沈んでしまう夜と真夜中に月が出る夜の間である。だいたい七日か八日くらいではないかと考えていたのだが、もちろん証拠はない。そして気付いたことを書いたのが「時間の和語」（『日本語学』一九九〇年一〇月）である。十五夜を過ぎて、十六夜の月をいざよいの月、十七夜の月を立待の月、以降居待の月、寝待の月という言い方がある。普通実際の月を待ち望む気持ちからできた言い方とされているが、本書の見方をすれば、これも逢引と関係するはずだ。そこで十九夜までが逢引できる夜と考えられるのではないか。すると、十五夜より前の四日もできると考えれば、九日間となる。一月の三分の一近くになる。ただし十五夜前の四日については特別な言い方がないのが弱点である。残念ながらいろいろ探してみたがわからなかった。

しかし、たぶんこれでいいと思った。九日くらいはちょうどいい。といって雨が降れば逢えずと考えると、けっこう少ない。だから恋歌が多いと考えればすむと思う。通い婚は毎晩通うなら必然的に同居婚に移行するだろう。つまり毎晩通わないところに通い婚の意味があるのである。

この「時間の和語」は、後にいくつか選ばれた文章が国語学のテーマごとに再編された論文集に採られたから、それなりの評価をえたのだろう。十六夜を「いさよひ」というのは月の出を待ってくる恋人を待つ気持ちを、月が山の端に出るのをためらっているという言い方であること、夕暮れを意味する「たそがれ（誰そ彼）」と明け方を意味する「かはたれ（彼は誰）」も、恋人かその使いを待つ気持ちからの言い方であることなどが説得力があったのかもしれない。

愛敬のまもり
（『呪詛秘伝』
室町期より）

もう一つ、Ⅸ「恋の終わり」に平城京出土土器に描かれた呪符（二五一ページ）について、近世の「離別の守」としてことを触れたのだが、「我」と「君」を重ねたこの呪符はむしろ恋愛の成就を願うほうが相応しいと思っていたところ、知人から室町期の『呪詛秘伝』に「愛敬守」として見出せることを教えてもらった。この呪符を、

われ思う　君をば人（に?）思わせじ　思いつきなば　よかりもやせん

という歌が囲んでいる。したがってこの土器も「愛敬」を願う呪符である可能性が高いと思う。

このように同じ呪符が、「離別」と「愛敬」という正反対の呪符になることは、たとえば貴船明神が恋愛を適えてくれる神であると同時に心変わりした相手を呪詛する神でもあることと通じているだろう。

2　本書への批判と反批判

一九九〇年代、この月夜の逢引という見方について、国語学者から反論があった。勤めている大学のレポート、卒論で、学生がこの本を使っていて困る、『万葉集』からは反証を多くあげることができ、誤りだというのである。私は学者のくせに本書をよく読んでいないとなさけなく思っただけだが、学生がかわいそうだとも思ったから、ふれておく。

私は原則はあっても絶対ではないと繰り返し書いている。雨が降っても傘をさせばいいのである。中学校で高校の頃、英語の文法の本で、例外のない規則はないという英文があったのを鮮烈に覚えている。日本語の文法の本にはそういうことはなかった。私は原理、原則は考えるが、それを絶対化しようとは思わない。小さい頃から我が強く、自意識過剰で、人と異なることに悩んできたからと思う。

『万葉集』の恋歌から月夜の逢引とはいえない例をあげて、だからこの説は誤りだとするのが実証的なものだというのをまったく否定するわけではない。私自身基本的にはそう考えている。ただすべての例がそうでないことをもって否定していいか、私は考える。たとえば『万葉集』では、イモが男から恋人を呼ぶ言い方であるが、兄弟姉妹の妹であることを示す例もある。西郷信綱は、柳田国男の『妹の力』の強い兄妹の結びつきに触れながら、イザナキとイザナミも兄妹であることも考慮して、漠然と兄弟姉妹関係でも恋愛結婚関係でもイモとセと呼び合ったとしている（『古事記研究』一九七三年）。そして『万葉集』では妹との恋愛は現実には禁忌だから、その禁忌をたのしむ秘密めかした雰囲気でいったとする。益田勝実は禁忌である近親婚を神話で語ることに意味を見出すべきだとする（『秘儀の島』筑摩書房、一九七六年）。

というように、結婚の禁忌のイモと恋人のイモ例が共存している。これは辞書でイモを引くと、①兄弟姉妹の年下の妹、②男から恋人、妻をいう、というような説明がなされているが、疑問にされない。私は最初に辞書を引いたとき、こんなバカなと思った。共寝してはならない相手としている相手を同じ言葉でいうわけはないだろう。

そのうち私は社会人類学、文化人類学の家族についての論を読むことになった。社会人類学の調査に、結婚していい交叉従妹婚とできない平行従妹婚がある。私（男）からみた場合、交叉従妹婚とは母の兄弟の娘あるいは父の姉妹の娘、平行従妹とは母の姉妹あるいは父の兄弟の娘である。そして自分の妻を交叉従妹の呼称で呼ぶこと、しかし実際の交叉従妹は三〇パーセントに満たないという調査報告もなされている。つまり交叉従妹婚は理想的な結婚とみなされていることによって、交叉従妹の呼称で、恋人や妻をそう呼ぶというわけだ。

この考え方によってイモは理解できた。『古事記』の天皇の結婚に異母姉妹であるママイモとの場合が八例みられる。ママイモの用例はすべて結婚の場合に限られている。ママイモに対する同母姉妹はイロモだが、イロモの用例は兄と妹の結びつきの強さをあらわす二例と、結婚の禁忌を犯す一例だけである。つまり兄弟姉妹婚は理想であるママイモ婚と禁忌であるイロモに分けられるわけだ。ちなみに『日本書紀』では『古事記』の結婚のママイモの例はすべて「妹」と表記されている。

イモについて論じる人たちが、『古事記』のこの例外なしの用例をなぜ問題にしなかったのか、不思議な気がしたものだが、私は三〇代の頃、一九七〇年代半ばから、沖縄の八重山の村々をしばしば歩き、祭りを見たり話を聞いたり、また次々に村史や人類学者の本などを手に入れては読んでおり、オナリ神信仰や兄妹始祖の神話に触れていたことがあったから気付いたのだろう（「兄妹の婚の伝承」『シリーズ古代の文学6　伝承と変容』一九八〇年。『神話・物語の文芸史』一九九二年所収）。

このようにして、言葉は時代や社会の観念と密接に関係していることを実感していった。だから言葉や表現を支えている観念を知らずに古典を読むと間違える場合が多々あると思うようになり、『万葉集』の読み替えをしていった。これはいわゆる実証を超えることになる。その時考えていたのは、近代の辞書に象徴される実証とこの時代や社会の観念から証明することは対等だということだった。しかし対等にするためにはその観念をある語や表現に限定するのではなく、その時代や社会そのものを支えている観念全体まで思考する必要があると考えたのである。

本書は一度学術的な論文を書いてからと考えていたが、いざいわゆる実証的な論文のスタイルで書こうとすると、実証できないものが多すぎて半端なものになってしまうことが分かってきた。それで思い切って一般書として一冊書き下ろしてしまうほかないと考え、『万葉集を読みなおす』（ＮＨＫブックス、一九八五年）を出していただいた日本放送出版協会の編集者辻一三さんに構想をお話したところ快諾を得て書き進めることができた。

3　本書が書かれる以前の研究状況

本書が書かれるに至る研究状況のことを述べておこう。

本書を成り立たせている古代の観念については述べた。

私は文学研究者である。そこで文学研究が他の分野と異なるところにこだわっている。私は国文科の大学院に進学した頃、文学研究を学として確立したいと考えていた。というのは、禁欲的な学術的なものはいいとして、作品について書かれたものは印象批評的、鑑賞的なものがほとんどで、批評として成り立つものはほとんどなかった。それは作家が作品を統御しているという素朴な文学観に依拠するものでしかなかったからである。特に『万葉集』の研究がひどかった。歌は創作者のほうがわかるという通俗的な発想から歌人の発言が重んじられた。そして近代の歌人の発言だから当然近代の文学観が持ち込まれ、歌の評価がおこなわれていた。私は詩に関心があったから、現代詩や批評を読んできており、『万葉集』を読みはじめると類歌、類想だらけで、まず違和感をもたされた。そして表現のおもしろさに興味を抱いても、まず短歌形式、類歌、類想などの古代和歌を支える表現意識を解かねば、間違った読みしかできないと考えるようになった。類歌、類想のなかの少しの表現の違いに作家の固有性を主張するような論はすべて誤っていると思ったのである。表現の差異はおもしろい言い方をしてみる、場や状況が異なるなどのレベルで読むのが基本で、作家の固有性に結びつくことは少ない。

このように考えるようになったのは、沖縄に行ったり、人類学の書物を読んだりしていっただけでなく、一九六〇年代に提起された三好行雄の作品論の影響もあった。作品を作家や環境などを排除し、作品内部で検討する方法である。要するに作品は自立してある。古典文学研究は校合による本文の確定、考証などの方法があり、学として成り立つところがあるが、近代文学研究はそういう絶対的に必要な基本的ものがないといってよく、学として成り立つのが困難だった。そこで作家の人生を追ったり、作品が書かれる動機、場面の構成などに作家の人生や趣味などを投影することで、作品を論ずる方法が客観的なものと考えられてきた。そういうなかで、三好氏の作品論が出てきたのである（三好氏の作品論については『作品論の試み』一九六七年にまとめられている）。

作品論はまさに初めての文学研究の方法だった。古典文学研究もこの方法を取り入れなければ文学として論ずることはできない。源氏物語に対しても、秋山虔氏の『源氏物語の世界』（一九六四年）がやはり作品論の方法をもっていた。一九六〇年代はようやく文学研究を客観的な学とすることが求められていたのである。

吉本隆明『言語にとって美とは何か』（一九六四年）も出ている。文学を客観的に論ずる方向が模索されていた。一九六〇年代後半のことである。吉本のこの本の序にはマルクス主義のいわゆる社会主義リアリズムへの批判から本書が書かれたことが述べられているように、第二次世界大戦後の日本はマルクス主義に依拠することで科学的な思考、研究がなされていた。特に歴史学が深い影響をうけた。石母田正がその中心といっていい。文学研究においても、歴史社会学派と呼ばれる、文学を歴史、社会のなかでみる方法が勢いがあった。歴史、社会のなかでみるというのは私もそう考えるが、その歴史はマルクス主義の歴史観、つまりを人類の至りつく共産主義社会にどのように向かっていくかというもので、きわめてイデオロギー的なものだった。そして『資本論』がそうであるように、経済を中心に据えて下部構造と考え、文化、文学、芸術などは上部構造としてその反映とみなされた。吉本は言語活動は自立的だとして、時枝誠記『国語学原論』に基づきながら、自己表出性と指示表出性をあらゆる言語の基本的な性格とし、自己表出性に文学、芸術の根拠を求めることで、文学を客観的に論ずる方法を示したのである。『言語にとって美とは何か』は初めて文学を理論的に論じたものといえよう。

歴史社会学派は西郷信綱『日本古代文学史』（一九五一年）、益田勝実『説話文学と絵巻』（一九六〇年）などが成果といえるだろう。しかし階級闘争史観とでも呼べる見方を直接的に持ち込んだものが多く、衰退していった。そういうなかで、吉本そして三好、秋山氏らが登場してくるのである。

他に古代文学研究においては、新しい方法としては、中西進『万葉集の比較文学的研究』（一九六三年）がある。中国文学との比較によって、どのように日本の文学が影響され、新しい表現が形成されたかを論じた。自国にこもりがちな文学研究を中国の文学の受容から具体的に論じたところに価値がある。しかし中西氏は比較文学よりも、言葉、表現、発想に焦点をあて、いわば自由に展開していくことでモダンなスタイルを作り、若手の研究者に影響を与えた。たぶん私前後の世代が言葉、表現から論じていける方向が開かれたのだと思う。

実を言えば、作品論は和歌という短詩を実際に論ずるにはそれほど決定的ではない。作品は自立することを前提としつつ、和歌を一首内部で読むのでは薄っぺらなものになってしまう。それこそ類歌、類想のなかで読まなければならない。そこに中西氏の言葉や表現そのものを論じていく方向が意味をもつわけだ。

一九七〇年代になって、近代文学の山田有作、近世和歌の林達也、中世和歌の松村雄二と四人で『文学史研究』（一九七三～七年）という雑誌を始めた。文学研究の同人誌である。研究を掲げての同人誌は戦後、歴史社会学派の益田勝実らによる『文学史研究』があった。それを意識したが、文学研究は結局文学史に行きつくということを考えていた。私の方法は発生論と呼ばれていた。折口信夫の見方が発生論と呼ばれており、古代世界、古代の考え方、感じ方を求めてこそ古代の表現に近づけると考えていたからだが、折口との決定的な違いは私が作品論の影響を受け、さらに文学史を考えていたところにある。そして折口の自らがマレビトと考えるエリート意識が嫌だったし、古代であっても天皇を奉るのも嫌だったのである。私は神々が生まれることを幻想として考えていた。そして天皇も古代では必要であったとしても、それは古代のこととして歴史化する必要があると考えていたのである。

したがって、私は他の発生論者たちとも違っていた。文学の発生として歌も物語も未分化の「神謡」を想定し、神話も神謡としてうたわれていたと考えていた。文学を表現としてみることを中心に据えていたのである。神謡を文学の発生とし、そこからどのように歌の表現がうまれてくるかを辿ろうとした（方法を意識した論文は『古代和歌の発生』一九八八年にまとめられている）。

この神謡という概念は村建ての神話がうたわれ、さらに村建てした神からの系譜がうたわれている沖縄宮古の狩俣のフサ、タービと呼ばれる神歌を意識したものだった。古くからの日本語の詩は和歌、短歌、歌とよばれているから、歌を避け、うたわれる歌である歌謡の謡を使って神謡と書くことにした。読み方はシンヨウでもカミウタでもかまわない。繰り返すが、神話と呼ばれているものは具体的な言語表現としては神謡なのだ。このように考えないと、世界中でなぜ発生した文学が定型なのかが説明できない。折口のいう神の呪言を母胎として文学は発生したという論にしろ、その呪言も定型なのだ。

4　本書を成り立たせている考え方

本書を基本的に成り立たせているのは様式である。様式という概念はたぶん建築や美術のもので、文学では文芸学と呼ばれる岡崎義恵を中心としたグループによって使われ始めた。文芸学は言語表現を文学研究の対象にするもので、先に触れた類歌、類想のような似通った表現を様式として概念化したのである。

この様式を文学を論ずる方法として前面に押し出したのは古代文学会におけるセミナー運動であった。『古代文学の発生』から始まり、『古代文学の様式』『伝承と変容』というように毎年展開していった。この「発生」から「様式」の展開は私の歩みと重なる。私は「様式」として文化、文学を考えるようになったのである。

本書以前に西村亨『王朝恋詞の研究』(一九七二年)があった。西村氏は恋歌の言葉の共通性を恋の段階として考えていたが、私はさらに進めて恋自体に様式があると考えたのである。

時代や社会によって、美人は異なる。たとえば江戸時代の浮世絵では顔も目も口も細い、ほっそりした女が美人として描かれている。現代は丸顔で目の大きな、グラマーな女が美人としてアニメに登場する。ところが男はみなそういう美人を恋するわけではない。そうでなければ恋をできない人だらけになってしまうだろう。人に惹かれるには相手の人柄、性格もあれば、態度、しぐさ、表情などさまざまある。つまり恋はきわめて個別的なものである。したがって、ともすれば反社会的ですらあるだろう。したがって美人としての一般性と、男によって恋する女は違うというの個別性があるといえる。個別性に焦点を当てれば、多様な恋があるということで終わる。しかし恋は身体的な関係と繋がるから子の生産をもたらす。子は男女によって始まる家族のものであると同時に、社会のものである。未来は子によってもたらされるのである(「神話と歴史」『上代文学』一九七九年。『神話・物語の文芸史』所収)。したがって社会の側はそういう個別的な恋を取り込もうとする。結婚という制度である。

これはテレビで見たのだが、アフリカのある部族の老人が若者組に属していた頃が最も楽しかったといっていた。若者たちは村の外れで共同で暮らす。境界で暮らすのだ。子供でないし、大人でもない境界的な存在だからである。したがって、社会の規制から自由でいられる。だから楽しくいられる。恋はこの時代のものである。社会は人生にこういう時期を作ることで、男たちが後に大人の世代になり社会を中心的に維持していくことを可能にした。逆に言えば、大人の世代は社会を維持するためにさまざまな制度を守っていく不自由な存在なのだ。そのなかには、結婚し子を生産し、育てる義務もある。若者組も絶対的に自由であるわけではない。まず集団で暮らす。そして年上の者が下を指導している。恋もそういうなかで教えられる。いわゆる性行為もそうだ。しかし何人かの女と恋をすることで、自分に合う相手を探すことにもなる。

『万葉集』には若者組は見られない。恋に関する歌は個別的である。なのになぜ類型的になるのだろうか。この問いに対する答えは二つありうる。一つは、まだ表現が幼く類型によって自分の心が表現されるという見方である。たぶんほとんどの人だけでなく、学者もそう思っているのではないか。歌謡は集団の表現であり、『万葉集』になって集団に埋没している個人があらわれたという考え方がそれだ。私は個人のない社会はどこにもないと考えている。ここでいう個人は、近代社会のいう個の確立した個人ではない。人間という類のなかでそれぞれが違うという程度の個人である。その意味で原始人だって好き嫌いはあり、人によって性格も異なる。ただその違いをどういうように意識するかである。最近、時代や社会が違うからそのまま古代に当てはめることはできないが、居留地で生まれ育ったアメリカ原住民のスー族の呪術者レイム・ディアーの口述を筆記した『インディアン魂』（一九七二年。翻訳は河出書房新社、一九九八年）を読んでいて思ったのは、個人が違うことは当たり前であり、かれらはそれを表現の対象にしていないということである。神話や部族の歴史などが表現の対象にするものだった。何を書くかは時代や社会によって異なるのだ。

もう一つは、意識的に類型をとっているという見方である。こちらのほうが古代らしい。五七五七七の定型をとることと自体、意図的なものであることと通じている。日本語の詩は短歌でこそ表現をもつことが可能だった。つまり様式が優先したのである。この様式が近代までずっと続いたということは、短歌様式は絶対的なものだったといっていい。意識的、意図的以前である。このような古代社会で個別的な恋はむしろ個別性を掬い取る共同性のなかに組み入れられる必要がある。それが恋が短歌として詠まれる理由といえるだろう。

このようにして、恋から結婚への様式が成立する。これは歌から見ている様式である。言語表現は必ずしも実態と一致するとは限らない。古代という神話的な観念が強くある社会では観念から現実を構成し直して表現にしている場合が多い。古代のほうが近現代よりはるかに観念的な社会なのだ。最初に述べた月夜の逢引など、その典型である。しかし逆にこの観念性が社会に秩序をもたらすことにもなっている。恋から結婚という様式でみるのは、むしろ古代を理解する基本なのである。

5　恋愛と結婚、生活

本書を書きながら思っていたのは恋から結婚という進行が自然にみえてしまうのは何かおかしいと

いうことだった。恋＝結婚ではない。結婚は制度だが、恋は反制度といってもいいのである。しかし結婚しても相手を恋していることはある。歌は恋する気持ちを表現する。したがって、歌からは二人が結婚しているかどうかわからないほうが圧倒的に多いのである。本書が最初に序「古代の恋愛と結婚」Ⅰ「結婚の起源神話」以外結婚という言い方はしていない。そしてⅨ「恋の終わり」で終えているのはそれゆえである。

通い婚というが、これは結婚なのだろうか。本書の「はじめに」で中根千枝『家族の構造』から、インドのクシャトリア階級のナヤール族の、バラモン階級の男を迎える通い婚は、バラモン階級にとっては結婚ではないと述べている。いわゆる通い婚は上位の階級の者にとっては結婚でない場合も考えられるわけだ。

求婚の歌という言い方がしばしばされるが、これも恋愛から結婚という捉え方のあらわれたものである。恋愛の精神性から結婚の身体性に進むという近代の考え方である。結婚を望んでいるのか恋愛を望んでいるのか、どちらかといえば、求愛だろう。

というようなことをしばしば考えさせられていて、不明瞭な言い方をしている。恋愛というのも、近代に成立する概念で、いわば自立する男女の精神世界も含んでいうものだから、ためらわれた。しかし恋する男女の関係を恋愛という以外いい言葉が浮かばず恋愛ということにした。

もう一つ言っておかねばならないのは「恋愛生活」という言い方である。これは時枝誠記「言語生活」という言い方を使っている。特に「和歌生活」という言い方がある（「平安時代生活の一環としての和歌生活」一九六六年。『言語生活論』一九七六年に所収）。時枝の、言語は離し手から聞き手までの過程であるという言語過程説から必然的に導かれるものである。私は恋愛から見た「生活」という意味で使っている。生活は一日のすべてを含めていっている。恋をしていても、食事はするし、読書をし、睡眠をとる。そのようにして一日を暮らしている。そういうなかでも相手の女を思い浮かべたりしている。書物のおもしろいところ、学んだところなど、その女に話したいと思ったりする。読書を中心に読書生活という言い方をしても、食事をしていても、あれはこういう意味だった、どう展開していくだろうなどと考えていたり、恋する相手と逢っていても、読んでいる本を考えたりしていることがある。だから仕事をしていても恋人を想ってしまう歌がある。

このように人はさまざまなことをしつつ、さまざまなことを思い、考えながら一日をすごしている。ある特定のことにとらわれてい続けることはむしろありえない。それが人の共通性である。そういうなかに恋もあるという意味で「恋愛生活」といっているのである。

本書の原本は、一九八七年に日本放送出版協会（現ＮＨＫ出版）より刊行されました。

著者略歴
一九四三年　東京都生れ
東京大学大学院修了
現在　武蔵大学名誉教授　文学博士
〔主要著書〕『万葉集』（ちくま新書、一九九四年）、『平安京の都市生活と郊外』（吉川弘文館、一九九八年）、『物語文学の誕生』（角川書店、二〇〇〇年）、『誤読された万葉集』（新潮社、二〇〇四年）、『日本文学の流れ』（岩波書店、二〇一〇年）、『柿本人麿』（ミネルヴァ書房、二〇一五年）、『文学はなぜ必要か』（笠間書院、二〇一五年）

読みなおす日本史

古代の恋愛生活
万葉集の恋歌を読む

二〇一六年（平成二十八）十月一日　第一刷発行

著　者　古《ふる》橋《はし》信《のぶ》孝《よし》
発行者　吉川道郎
発行所　株式会社 吉川弘文館
郵便番号一一三―〇〇三三
東京都文京区本郷七丁目二番八号
電話〇三―三八一三―九一五一〈代表〉
振替口座〇〇一〇〇―五―二四四
http://www.yoshikawa-k.co.jp/
組版＝株式会社キャップス
印刷＝藤原印刷株式会社
製本＝ナショナル製本協同組合
装幀＝渡邉雄哉

ISBN978-4-642-06718-8

刊行のことば

現代社会では、膨大な数の新刊図書が日々書店に並んでいます。昨今の電子書籍を含めますと、一人の読者が書名すら目にすることができないほどとなっています。ましてや、数年以前に刊行された本は書店の店頭に並ぶことも少なく、良書でありながらめぐり会うことのできない例は、日常的なことになっています。

人文書、とりわけ小社が専門とする歴史書におきましても、広く学界共通の財産として参照されるべきものとなっているにもかかわらず、その多くが現在では市場に出回らず入手、講読に時間と手間がかかるようになってしまっています。歴史の面白さを伝える図書を、読者の手元に届けることができないことは、歴史書出版の一翼を担う小社としても遺憾とするところです。

そこで、良書の発掘を通して、読者と図書をめぐる豊かな関係に寄与すべく、シリーズ「読みなおす日本史」を刊行いたします。本シリーズは、既刊の日本史関係書のなかから、研究の進展に今も寄与し続けているとともに、現在も広く読者に訴える力を有している良書を精選し順次定期的に刊行するものです。これらの知の文化遺産が、ゆるぎない視点からことの本質を説き続ける、確かな水先案内として迎えられることを切に願ってやみません。

二〇一二年四月

吉川弘文館

読みなおす
日本史

昭和史をさぐる　伊藤　隆著　二四〇〇円

歴史的仮名遣い　その成立と特徴　築島　裕著　二二〇〇円

時計の社会史　角山　榮著　二二〇〇円

漢　方　中国医学の精華　石原　明著　二二〇〇円

墓と葬送の社会史　森　謙二著　二四〇〇円

悪　党　小泉宜右著　二二〇〇円

戦国武将と茶の湯　米原正義著　二二〇〇円

大佛勧進ものがたり　平岡定海著　二二〇〇円

大地震　古記録に学ぶ　宇佐美龍夫著　二二〇〇円

姓氏・家紋・花押　荻野三七彦著　二四〇〇円

安芸毛利一族　河合正治著　二四〇〇円

三くだり半と縁切寺　江戸の離婚を読みなおす　高木　侃著　二四〇〇円

太平記の世界　列島の内乱史　佐藤和彦著　二二〇〇円

白　隠　禅とその芸術　古田紹欽著　二二〇〇円

蒲生氏郷　今村義孝著　二二〇〇円

近世大坂の町と人　脇田　修著　二五〇〇円

キリシタン大名　岡田章雄著　二二〇〇円

ハンコの文化史　古代ギリシャから現代日本まで　新関欽哉著　二二〇〇円

内乱のなかの貴族　南北朝と「園太暦」の世界　林屋辰三郎著　二二〇〇円

出雲尼子一族　米原正義著　二二〇〇円

吉川弘文館
（価格は税別）

読みなおす日本史

富士山宝永大爆発　永原慶二著　二二〇〇円
比叡山と高野山　景山春樹著　二二〇〇円
日蓮　殉教の如来使　田村芳朗著　二二〇〇円
伊達騒動と原田甲斐　小林清治著　二二〇〇円
地理から見た信長・秀吉・家康の戦略　足利健亮著　二二〇〇円
神々の系譜　日本神話の謎　松前　健著　二四〇〇円
古代日本と北の海みち　新野直吉著　二二〇〇円
白鳥になった皇子　古事記　直木孝次郎著　二二〇〇円
島国の原像　水野正好著　二四〇〇円
入道殿下の物語　大鏡　益田　宗著　二二〇〇円

中世京都と祇園祭　疫病と都市の生活　脇田晴子著　二二〇〇円
吉野の霧　太平記　桜井好朗著　二二〇〇円
日本海海戦の真実　野村　實著　二二〇〇円
古代の恋愛生活　万葉集の恋歌を読む　古橋信孝著　二四〇〇円
木曽義仲　下出積與著　（続　刊）
足利義政と東山文化　河合正治著　（続　刊）
角倉素庵　林屋辰三郎著　（続　刊）
僧兵盛衰記　渡辺守順著　（続　刊）

吉川弘文館
（価格は税別）